ドイツ・リート
対訳名詩集

森泉朋子　編訳

鳥影社

はじめに

　2010年に『ドイツ詩を読む愉しみ』を上梓した際、思いも
かけず、ドイツ・リートを学ぶ人や愛好する人から少なからぬ
反響がありました。ドイツ・リートは何よりも「歌」であり、
「音楽」であるのですが、オペラのアリアとは異なり、詩が非
常に重要な役割を果たしています。だからこそなのでしょう。
詩を深く理解した上でリートを聞き、歌いたいという専門家や
愛好家の皆さんの願いは強く、その熱意に動かされたことが本
書を執筆する動機となりました。
　リートとは、言葉の芸術である詩と音の芸術である音楽との
幸福な出会いによって誕生したものです。詩人の書いた詩に触
発された音楽家がその詩に合わせて歌を作曲し、それは 1＋1
以上のものを生み出しました。リートを聞くことによって、詩
を読む以上に詩の雰囲気を身近に感じ、詩の内容が、よりいっ
そう胸に迫ってきます。それどころか、詩を読んでいただけで
はわからなかった詩の深い意味が作曲に示されていることさえ
あります。
　しかし、音楽は両刃の剣です。詩を読んだときに感じていた
こと、イメージしていた世界がリートでは異なるふうに表現さ
れているために、違和感を覚えることがしばしばあります。そ
んな時には、自分が詩に対して抱いているイメージが損なわれ
ないように、名曲と言われるリートであっても、あえて聞かな
いようにするという選択肢もあるのです。
　詩と音楽との結びつき方には、実にさまざまな度合いがある

ようです。ゲーテの詩に数多く作曲し、ゲーテ自身の評価の高かったツェルターのリートは、音楽が決して出しゃばらず、詩の持つ雰囲気を歌にして添えようとするものでした。言わば、詩の内容を伝えるための、詩に奉仕するリートだったと言えるかもしれません。

　リートの世界に新しい境地を切り開いたシューベルトは詩の言葉を生かしつつ、より大胆に、時に激しく音楽を前面に出してきました。詩を素材としながらも、詩を利用してシューベルト自身の世界を打ち立てようとするかのようでした。詩人であるゲーテがシューベルトのリートを評価しなかったのは、ゲーテが音楽を理解しなかったからと言うよりは、音楽が過剰に主張していると感じられ、リートが詩の邪魔をしていると考えたからではないかと思われます。

　シューマンのリートは、シューベルトよりさらに簡素に、さらに言葉に寄り添って作曲されているように感じます。そして、時に詩の言葉には直接的には表現されていないシューマン自身の解釈に基づく内容までもが、音楽によって表現されていることがあります。

　このように、作曲者は作曲に際して自分の解釈を入れるため、詩を変質させている場合があることに、私たちは注意を払わなければなりません。音楽が詩を高めているものから、詩と音楽がぴったりと合っているもの、ずれているもの、あるいは、音楽が詩をこわしたり邪魔したりしているものまで、その結びつきの様は実に無限にあります。

　文学の世界からリートに親しむようになった者として、詩を理解するためには、リートは聞かずに、まず詩だけを読むこと

をお薦めします。その上でリートを聞くと、きっと新たな発見があるでしょう。詩への深い理解がリートを聞く愉しみを倍増させてくれるに違いありません。そして、リートを聞くとき、歌うときには詩の解釈と同時に、作曲家がどのような意図をもってその詩に曲をつけたのか、そのことにも注意を払う必要があるでしょう。

　私が本書を執筆しようと思い立ったもうひとつの動機に、リートに添えられている原詩の日本語訳に満足できなかったことが挙げられます。リートの添え物の歌詞としてではなく、詩人が精魂こめて書いたドイツ語の詩を、日本語として堪え得る詩として訳出したい、それをリート愛好家の皆さんにぜひとも示したいと思いました。単に、言葉の意味や詩の内容を日本語に置き換えたものでは、詩として不十分であることは言うまでありません。なぜこの詩に作曲者は曲をつけたいと思ったのか、なぜこの詩からこのような曲が生まれたのか、それを理解するためにも、詩は詩として訳されなければなりません。詩に感動することなくして曲は生まれず、リートも歌えないと思うのです。

　ゲーテ、アイヒェンドルフ、ハイネ、メーリケら古典期からロマン派後期までの詩人たちの詩は、シューベルト、シューマン、ヴォルフらを魅了してやみませんでした。これらの傑出した詩人たちの詩を読むことを堪能していただけることを願っています。ドイツの文学と音楽が世界に贈った唯一無二の宝、ドイツ・リートを受け取ることのできる僥倖に感謝しつつ、この本を詩と音楽を愛するすべての人に贈ります。

最後に、学習院大学の田中洋子先生には訳詩と解説のすべてに目を通していただき、鋭い指摘と貴重な助言を賜りました。ここに記して、厚く感謝申し上げます。

ドイツ・リート対訳名詩集

目次

はじめに　　　1

ゲーテの詩による歌曲集（シューベルトを中心に）……… 11
　バラード（物語詩）　　　13
　　魔王　　　14
　　すみれ　　　18
　　野ばら　　　22
　　漁師　　　24
　　トゥーレの王　　　28
　　　作品解説　　　32

　愛の歌　　　41
　　糸を紡ぐグレートヒェン　　　42
　　羊飼いの嘆きの歌　　　46
　　やすみなき恋　　　50
　　愛する人のかたわら　　　52
　　悲哀のよろこび　　　54
　　狩人の夕べの歌　　　56
　　逢瀬と別れ　　　58
　　　作品解説　　　62

　『ヴィルヘルム・マイスターの修業時代』より　　　71
　　歌びと　　　72
　　竪琴弾きの歌　　　76
　　知っていますか、あの国を（ミニョンの歌）　　　80
　　　作品解説　　　84

　くさぐさの歌　　　89
　　海の静けさ　　　90

月に寄す　　92

ガニュメート　　96

湖上にて　　100

ミューズの子　　102

旅人の夜の歌（汝　天より来たりて）　　106

旅人の夜の歌（峯峯に）　　108

作品解説　　110

ハイネの詩によるシューベルト歌曲集 ……………………… 121

「白鳥の歌」D 957（1828 年）　　123

8．アトラス　　124

9．彼女の絵姿　　126

10．漁師の娘　　128

11．町　　130

12．海辺にて　　132

13．分身　　134

作品解説　　136

他の詩人によるシューベルト歌曲集 …………………………… 143

幸福　　144

春の信仰　　146

君はやすらぎ　　148

春に　　150

鳩の便り　　154

作品解説　　158

ハイネの詩によるシューマン歌曲集 ‥‥‥‥‥‥‥‥‥‥‥ 165

　詩人の恋　作品48（1840年）　　167

　　1．いと　うるわしき月　五月　　168

　　2．ぼくの流す涙から　　168

　　3．ばら、ゆり、はと、太陽　　170

　　4．君の瞳を見つめると　　170

　　5．ぼくの心を　ひたしてみたい　　172

　　6．清きラインの　流れのほとり　　174

　　7．恨みはしない　　176

　　8．小さな花が知ったなら　　178

　　9．あれはフルートとヴァイオリン　　180

　　10．昔　愛するひとが歌っていた　　180

　　11．ある若者が娘に恋した　　182

　　12．光り輝く夏の朝　　184

　　13．夢の中で　ぼくは泣いた　　186

　　14．夜ごと　夢に　君を見る　　188

　　15．昔のおとぎ話から　　190

　　16．昔のうとましい歌の数々　　194

　　　作品解説　　198

シューマン歌曲集 ‥‥‥‥‥‥‥‥‥‥‥‥‥‥‥‥‥‥ 211

　ミルテの花　作品25（1840年）　　213

　　1．献呈　　214

　　7．蓮の花　　216

　　24．ひともとの花のような君　　218

　　　作品解説　　220

アイヒェンドルフの詩によるシューマン歌曲集 ················ 223

リーダー・クライス　作品 39（1840 年）　　　225

1．異郷で　226

2．間奏曲　226

5．月夜　228

6．美しき異郷　230

9．悲しみ　232

10．たそがれ　234

12．春の夜　236

作品解説　238

メーリケの詩によるヴォルフ歌曲集（1888 年） ················ 245

6．春だ　246

7．捨てられた娘　248

12．秘めた思い　250

13．春に　252

17．庭師　256

23．古い絵に寄せて　258

28．祈り　258

53．さらば　260

作品解説　264

基本文献　273

参考文献　276

図版一覧　279

日本語による題名索引　281

ドイツ語による題名・初行索引　284

ゲーテの詩による歌曲集
（シューベルトを中心に）

若きゲーテ

バラード（物語詩）

Erlkönig

Wer reitet so spät durch Nacht und Wind?
Es ist der Vater mit seinem Kind;
Er hat den Knaben wohl in dem Arm,
Er faßt ihn sicher, er hält ihn warm.

Mein Sohn, was birgst du so bang dein Gesicht? —
Siehst, Vater, du den Erlkönig nicht?
Den Erlkönig mit Kron' und Schweif? —
Mein Sohn, es ist ein Nebelstreif. —

„Du liebes Kind, komm, geh mit mir!
Gar schöne Spiele spiel ich mit dir;
Manch bunte Blumen sind an dem Strand;
Meine Mutter hat manch gülden Gewand."

Mein Vater, mein Vater, und hörest du nicht,
Was Erlenkönig mir leise verspricht? —
Sei ruhig, bleibe ruhig, mein Kind!
In dürren Blättern säuselt der Wind. —

„Willst, feiner Knabe, du mit mir gehn?
Meine Töchter sollen dich warten schön;
Meine Töchter führen den nächtlichen Reihn
Und wiegen und tanzen und singen dich ein."

魔王

夜ふけに馬を馳せる者あり、闇をつき　風をつき
父が子を連れ　駆けてゆく、
息子を腕に抱きしめて、
しかとかかえ　その身をかばい。

息子よ、何を恐れて　顔　隠すのか。
お父さん、お父さんには見えないの、魔王の姿が、
魔王の冠と　長い裾が。
息子よ、あれは　霧の流れてゆく様だ。

「かわいい子、さあ、一緒においで！
楽しい遊びを　わたしとしよう、
みぎわには　色とりどりの花が咲く、
我が母君は　たくさんの金の衣を　持っている。」

お父さん、お父さんには聞こえないの、
魔王がぼくに　ささやく声が。
落ち着け、子どもよ、落ち着くのだ！
あれは　枯葉にざわつく　風の音。

「いい子だ、坊や、一緒に来ないか、
我が娘らに　よく　面倒を見させよう、
娘らは　夜ごと　踊りの輪を導いて
揺れて　踊って　歌でお前を寝かせつけるよ。」

Mein Vater, mein Vater, und siehst du nicht dort
Erlkönigs Töchter am düstern Ort? —
Mein Sohn, mein Sohn, ich seh' es genau:
Es scheinen die alten Weiden so grau. —

„Ich liebe dich, mich reizt deine schöne Gestalt;
Und bist du nicht willig, so brauch ich Gewalt."
Mein Vater, mein Vater, jetzt faßt er mich an!
Erlkönig hat mir ein Leids getan! —

Dem Vater grauset's, er reitet geschwind,
Er hält in Armen das ächzende Kind,
Erreicht den Hof mit Mühe und Not;
In seinen Armen das Kind war tot.

Franz Schubert
D328d op.1, 1815

お父さん、お父さんには見えないの、
あの暗がりに　魔王の娘がひそむのが。
息子よ、息子、よく見えるとも、
古い柳が　おぼろげに　光っているのが　見えるとも。

「いとしいおまえ、うるわしいおまえの姿が　心をそそる、
いやと言うなら　力ずくで連れて行く。」
お父さん、お父さん、魔王がぼくをつかまえる！
魔王がぼくを　痛めつけた！

父はおののき　全速力で疾駆する、
両腕に　あえぐ子どもを抱きしめて、
辛苦の末に　屋敷に着くと、
あわれ、子どもは　腕の中で　死んでいた。

シューベルト
D328d 作品 1, 1815

Das Veilchen

Ein Veilchen auf der Wiese stand,
Gebückt in sich und unbekannt,
Es war ein herzig's Veilchen.
Da kam eine junge Schäferin
Mit leichtem Schritt und munterm Sinn
Daher, daher,
Die Wiese her, und sang.

Ach! denkt das Veilchen, wär' ich nur
Die schönste Blume der Natur,
Ach, nur ein kleines Weilchen,
Bis mich das Liebchen abgepflückt
Und an dem Busen matt gedrückt!
Ach nur, ach nur
Ein Viertelstündchen lang!

Ach, aber ach! Das Mädchen kam
Und nicht in acht das Veilchen nahm,
Ertrat's, das arme Veilchen.
Und sank und starb und freut sich noch:
Und sterb' ich denn, so sterb ich doch
durch sie, durch sie,
Zu ihren Füßen doch!

すみれ

すみれが牧場に咲いていた、
こうべをたれて　知る人もなく、
とてもかわいい　すみれだった。
そこへ来た、羊飼いの娘さん
足どり軽く　浮き浮きと
こちらへ、こちらへ、
牧場の道を　歌いながら。

ああ、すみれは思った、
ぼくが　いちばん　きれいな花だったなら、
ほんのしばしの間でいい、
あの人の手に摘まれ
胸に抱かれて　しおれるときまで！
ああ、せめて、せめて
その間だけでも　どうか！

ところが何と、その娘がやって来て
すみれには　目もくれず、
あわれ、すみれを　踏んでしまった。
踏みしだかれて　息絶えつつも　それでも　すみれはうれしかった、
死ぬんだから、こんなふうに　死ぬんだから。
あの娘に、あの娘に踏まれて
その足もとで！

〔Das arme Veilchen!
Es war ein herzig's Veilchen.〕

Wolfgang Amadeus Mozart
KV476, 1785

〔　〕内はモーツァルトによる付加。原文にはない。

〔あわれなすみれ！
それは　とてもかわいいすみれだった。〕

モーツァルト
KV476, 1785

Heidenröslein

Sah ein Knab' ein Röslein stehn,
Röslein auf der Heiden,
War so jung und morgenschön,
Lief er schnell, es nah zu sehn,
Sah' s mit vielen Freuden.
Röslein, Röslein, Röslein rot,
Röslein auf der Heiden.

Knabe sprach: Ich breche dich,
Röslein auf der Heiden!
Röslein sprach: Ich steche dich,
Daß du ewig denkst an mich,
Und ich will' s nicht leiden.
Röslein, Röslein, Röslein rot,
Röslein auf der Heiden.

Und der wilde Knabe brach
' s Röslein auf der Heiden;
Röslein wehrte sich und stach,
Half ihr doch kein Weh und Ach,
Mußt' es eben leiden.
Röslein, Röslein, Röslein rot,
Röslein auf der Heiden.

Franz Schubert
D257 op.3-3, 1815

野ばら

少年が　ばらを見つけた、
野に咲くばらを、
そのみずみずしさ、清らかさ、
間近で見ようと　かけよって、
大喜びで　花に見入った。
ばらよ、ばら、赤いばら、
野に咲くばら。

少年が言う、「おまえを折るよ、
野に咲くばら！」
ばらが言う、「あなたを刺します、
永遠に　わたしを忘れることのないように、
されるままにはなりません。」
ばらよ、ばら、赤いばら、
野に咲くばら。

少年は　手荒に折った
野に咲くばらを。
ばらは　刺した、身を守ろうと、
けれど　泣こうが叫ぼうが　かいもなく、
ばらは　ただ　忍ぶよりほかなかったのだ、
ばらよ、ばら、赤いばら、
野に咲くばら。

シューベルト
D257 作品 3 の 3, 1815

Der Fischer

Das Wasser rauscht', das Wasser schwoll,
Ein Fischer saß daran,
Sah nach dem Angel ruhevoll,
Kühl bis ans Herz hinan.
Und wie er sitzt und wie er lauscht,
Teilt sich die Flut empor;
Aus dem bewegten Wasser rauscht
Ein feuchtes Weib hervor.

Sie sang zu ihm, sie sprach zu ihm:
„Was lockst du meine Brut
Mit Menschenwitz und Menschenlist
Hinauf in Todesglut?
Ach wüßtest du, wie's Fischlein ist
So wohlig auf dem Grund,
Du stiegst herunter, wie du bist,
Und würdest erst gesund.

Labt sich die liebe Sonne nicht,
Der Mond sich nicht im Meer?
Kehrt wellenatmend ihr Gesicht
Nicht doppelt schöner her?
Lockt dich der tiefe Himmel nicht,
Das feuchtverklärte Blau?

漁師

水　さわぎ、水　盛り上がる、
漁師がひとり　岸辺にすわり、
静かに浮標<ruby>を見やっていた、
冷気が胸にしみわたる。
そして　すわって眺めていると、
潮が高まり　ふたつにわれて、
うねり立つ　水の中からあらわれたのは
水にぬれた女がひとり。

女は歌い、そして　語った、
「なにゆえ　おまえは招くのか、
さかしくも巧妙に　我が子どもらを
死のほむらへと　おびき寄せるか。
水底で　魚がいかに幸せか、
もしも　おまえが知ったなら、
そのままの姿で　海におり来て、
おまえも　ついには　いやされように。

海の中で　太陽が、そして月が
生気をとり戻すのを知らないか。
その面輪　波にたゆたい
美しさ　いや増すのを知らないか。
水にぬれ　青く輝く神秘の空が
おまえを呼んでいるではないか。

Lockt dich dein eigen Angesicht
Nicht her in ew'gen Tau?

Das Wasser rauscht', das Wasser schwoll,
Netzt' ihm den nackten Fuß;
Sein Herz wuchs ihm so sehnsuchtsvoll,
Wie bei der Liebsten Gruß.
Sie sprach zu ihm, sie sang zu ihm;
Da war's um ihn geschehn:
Halb zog sie ihn, halb sank er hin,
Und ward nicht mehr gesehn.

Franz Schubert
D255 op.5 Nr.3, 1815

おまえの姿が　とこしえの露の中へと
おまえを呼んでいるではないか。」

水　さわぎ、水　盛り上がる、
漁師の素足が　水につかった、
あこがれに　胸がふくらむ、
恋人に呼ばれたように。
女は語り、そして　歌った。
男の命運も尽き果てた。
なかば　女に引きこまれ、なかば自ら沈みゆき、
ついに　漁師は　姿を消した。

シューベルト
D255　作品 5 の 3, 1815

Der König in Thule

Es war ein König in Thule
Gar treu bis an das Grab,
Dem sterbend seine Buhle
Einen goldnen Becher gab.

Es ging ihm nichts darüber,
Er leert' ihn jeden Schmaus;
Die Augen gingen ihm über,
So oft er trank daraus.

Und als er kam zu sterben,
Zählt' er seine Städt' im Reich,
Gönnt' alles seinem Erben,
Den Becher nicht zugleich.

Er saß beim Königsmahle,
Die Ritter um ihn her,
Auf hohem Vätersaale
Dort auf dem Schloß am Meer.

Dort stand der alte Zecher,
Trank letzte Lebensglut,
Und warf den heil'gen Becher
Hinunter in die Flut.

トゥーレの王

昔　トゥーレに　王がいた、
最期まで　まことを尽くしたこの王に
妃は金のさかずきを
形見に遺し　亡くなった。

王にとり　これに如く宝なし、
うたげのたびに杯(はい)をあけ、
さかずきから飲むごとに
目から涙があふれ出た。

死期を悟ると　かの王は
領地の町を数え上げ、
すべてを世継ぎに譲ったが、
さかずきだけは　渡さなかった。

うたげの席に　王は座す、
居並ぶ騎士に囲まれて、
海のほとりに立つ城の
先祖が見守る大広間。

老いたる酒客(しゅかく)は立ち上がり、
最期の命の炎を飲み干し、
聖なる杯(はい)を手にとると、
潮(うしお)の中へと投げ入れた。

Er sah ihn stürzen, trinken
Und sinken tief ins Meer.
Die Augen täten ihm sinken;
Trank nie einen Tropfen mehr.

Carl Friedrich Zelter
ED 1812

Franz Schubert
D367 op.5 Nr.5, 1816

落ちて　水を飲んで　海深く
沈むさまを　王は見た。
やがて　まなこも沈みゆき
もう　ひとしずくも　飲まなかった。

ツェルター
ED 1812
シューベルト
D367 作品 5 の 5, 1816

作品解説

Erlkönig
魔王

シューベルト（Franz Schubert, 1797-1828）は生涯に 600 曲あまりのリートをつくった。リートの創作にあたって歌詞に選んだ詩の作者は 88 人、その中でも群を抜いて多いのがゲーテ（Johann Wolfgang von Goethe, 1749-1832）である。とりあげた詩の数は 70 以上にのぼり、同一の詩に一度ならず、二度、三度と曲をつけたものも少なくない。

　ゲーテとシューベルトの間には年の差が 50 歳近くあり、シューベルトが初めてゲーテの「魔王」に曲をつけたとき、ゲーテは 67 歳、シューベルトは弱冠 19 歳の青年だった。まだ無名だったシューベルトにとって、文豪として揺るぎない名声を確立していたゲーテははるか遠くに仰ぎ見るような存在だったことだろう。

　シューベルトはゲーテを尊敬し、丁重な手紙を添えていくつかのリートを献呈した。これに対し、ゲーテからは何の返信もなく、ゲーテがシューベルトの魔王を評価しなかったことはよく知られている。女性歌手デフリーント（Wilhelmine Henriette Friederike Schröder-Devrient, 1804-1860）が歌うシューベルトの魔王を聞いたゲーテが何と言ったか、それを証言する文化史家クヴァント（Johann Gottlob Quandt, 1787-1859）の報告を引用してみよう。

　「言えるのは、作曲者が馬のひづめの音を巧みに表現したということだ。この曲は絶賛されてはいるが、ぞっとする感じが恐怖の念を引き起こすまでに至っていることは否定しようもない。」

ゲーテの詩による歌曲集（シューベルトを中心に）
バラード（物語詩）

　モーツァルトをこよなく愛し、整った形式と調和のとれた表現を好んだ古典主義作家ゲーテにとって、あたかも既成のものを打ち壊していくような、容赦なく心に揺さぶりをかけてくるようなロマン派の音楽は、過激で暴力的なものと感じられたに違いない。

　ゲーテが好んだのは有節歌曲＊のように単純な形式の、民謡風の素朴なリートだった。詩人であるゲーテにとって、主役は音楽ではなく、あくまで言葉であり、音楽は詩を理解し、楽しむために添えられるものだったのである。ゲーテは、ライヒャルト（Johann Friedrich Reichardt, 1752-1814）がつくった有節歌曲の魔王を、詩の持つ雰囲気や特徴を全体として伝え、耳になじみやすく親しみやすい曲として高く評価していた。

　しかし、1830 年、再びデフリーントの演奏で「魔王」を聞いたゲーテは、感激のあまりデフリーントの額にキスすると、歌姫に次のような言葉をかけている。

　「すばらしい、芸術的な演奏をどうもありがとう！　以前、この曲を聞いたとき、私はあまり気に入らなかったが、このように演奏されてみると、一部始終がまるで目に見えるようだ。」

　ゲーテよりずっと年下だったにもかかわらず、シューベルトはその二年前にすでにこの世を去っていた。生きている間にこの言葉を聞くことができたら、シューベルトはどんなに喜んだだろうに、と思うのは私だけではないだろう。

　さて、「魔王」をめぐるエピソードはこれくらいにして、本題に入ろう。ゲーテは公国顧問官としてヴァイマルに住んでいたとき、大公妃の母アンナ・アマーリア（Anna Amalia, 1739-1807）のために、多くのオペラやジングシュピール（歌唱劇）を執筆した。歌唱劇「漁師の娘」はそのひとつで、主人公ドルトヒェンは漁に出た父親と婚約者を待ちながら、物語詩「魔王」を歌う。ゲーテがこの

詩を書いたのは 1782 年、ヘルダー（Johann Gottfried Herder, 1744-1803）の編纂した『民謡集』(„Volkslieder“) の中のデンマーク民謡からヒントを得たと言われている。

　この詩を朗読してみると、対句と繰り返しが多いのにすぐ気づく („durch Nacht und Wind“, „Er faßt ihn sicher, er hält ihn warm.“, „Kron und Schweif“, „Sei ruhig, bleibe ruhig,“, „Meine Töchter sollen dich warten schön; /Meine Töchter führen den nächtlichen Reihn“)。これら民謡調の味わいが詩に調子の良いリズムを与えている。

　次に、この詩の構成を注意して見てみよう。物語詩とは言うものの、会話や対話の部分が詩の大部分を占め、語りの部分は始まりの 1 連と最後の 1 連に過ぎないことに気がつく。そして、会話の部分は、父親と魔王と子どもの 3 つのパートに分かれ、それらが激しく入れ替わり、この詩に臨場感と緊張感を与えている。子どもは何度も父親に「お父さん、お父さんには見えないの？」と呼びかけ、父親はそのたびに何でもない、と子どもを安心させようとする。その合間に子どもを誘惑しようとする魔王の甘いささやきが入る。

　子どもが見ているのは幻覚であり、聞いているのは幻聴に過ぎないのだろうか。高熱にうなされているとき、だれでも悪夢を見ることはよくあるものだ。父親はあくまで理性的に、それは錯覚に過ぎないと説明する。しかし、昼間には親しみ深く美しく見える自然も、夜には恐ろしく不気味な表情を見せる。美しさと恐ろしさ、ひいては、生と死の両方を抱え持つのが自然なのである。

　現実を見ていないのはどちらだろうか。子どもが言い知れぬ恐怖を感じているのは事実なのだ。その事実を否定された子どもはたったひとりで死への恐怖と闘わなければならない。

　„Mein Vater, mein Vater“（「お父さん、お父さん」）という呼びかけが三回繰り返された後、「魔王がぼくを痛めつけた！」という言

葉で、詩を読む者、聞く者は最悪の事態が起きたことを直感する。そして、最後の一行の最後の言葉 „tot“（「死んでいた」）で完全に打ちのめされる。

　シューベルトはリートで物語詩のすべてを再現してみせた。馬の疾駆する様とデモーニッシュな自然の脅威を背景に、語りの部分、父親のパート、子どものパート、魔王のパート、それぞれの感情を見事に書き分け、耳で聞くドラマに仕立て上げた。この詩を有節歌曲で表現し得なかったのは当然である。

　曲の激しい部分もさることながら、子どもを誘惑しようとする魔王の甘美なパートに鳥肌が立つのを覚える。そして、第7連目の2行目に至って本性を表した魔王の „Gewalt“（「力ずく」）という言葉の文字通り「暴力」的で破壊的な響きのすさまじさにおののく。

　このリートを歌う人にとっては、どのように異なるパートを歌い分け、演じ分けるか、至難の業であると同時に聞かせどころでもあるだろう。

　＊同じ伴奏でひとつの旋律が何度も繰り返すように曲がつけられているもの。それに対して、歌詞が進むごとに異なる旋律を付けた曲を通作歌曲と言う。

Das Veilchen
すみれ

　ゲーテが初めて書いた歌唱劇『エルヴィンとエルミーレ』の中に出てくる詩で、1774年に書かれた。自分を心から愛してくれるエルヴィンに冷たく当たって彼を傷つけてしまったことを悔い、エルミーレが歌う歌である。

ゲーテの多くの民謡調の歌に違わず、掲出詩にも繰り返しが多用され（„Daher, daher" や „Ach nur, ach nur"、„Durch sie, durch sie"）、快いリズムと同時にすみれの切実な思いが強調される。また、„Veilchen"、„Weilchen"、„Viertelstündchen" などの縮小名詞の多用が子ども向けのわらべ歌のような可憐な雰囲気を醸し出している。

　この詩につけたモーツァルトのリートの何と愛らしいことか。牧場ののどけさとすみれのつつましさから始まり、娘の軽やかな足どり、すみれの切ない願いと娘の邪気のない、しかし軽薄で無情な仕打ち、そして最後に、すみれのけなげさと哀れさ、それらすべてが余すことなく音符に移し変えられている。内容に合わせて重ねられる転調と言い、そのたびに変化する雰囲気やリズムと言い、歌詞と曲とがこれほど見事に自然に合っていることに、驚嘆の念を禁じ得ない。

　モーツァルトは「すみれ」がゲーテの詩とは知らずに作曲し、歌詞の最後の２行はモーツァルトが曲に合わせて勝手に付け加えたものである。詩を読んだときには、この２行は全くの蛇足だと感じるが、モーツァルトのリートを聞くと、この２行が必要であることが納得される。

Heidenröslein
野ばら

　野ばらほどドイツのみならず世界に知られたリートはないだろう。リートと言うより、まるで民謡のように親しまれている。私自身、幼い頃からウィーン少年合唱団の歌う野ばらを耳にし、口ずさんで育ったが、長じて詩の意味するところを知って愕然とした記憶

がある。

野ばらの初稿は 1771 年夏にはすでに書かれていたと推測される。その頃ゲーテはシュトラースブルクの大学で勉学に励みながら、郊外のゼーゼンハイムで清純な牧師の娘フリーデリーケ・ブリオン（Friederike Brion, 1752-1813）と知り合い、交際していた。

シュトラースブルクでゲーテは、文学評論家であり詩人でもあったヘルダーから民謡の重要性を教えられ、その価値に目覚める。ヘルダーが集めた民謡の中には、„Röslein auf der Heiden" というリフレインを持つ 9 連から成る野ばらをモチーフにした詩があった。ゲーテは恐らくそこからヒントを得て掲出詩をつくったと思われるが、その詩の内容は民謡とは違って過激なものだ。少年が美しいばらの花を我が物にしようとばらをおどし、ばらの必死の抵抗も顧みず折ってしまうという物語で、少年の野蛮さと暴力性が際立っている。

ばらの美しさ、そして、ばらを目にした少年の喜びが描かれている第 1 連目には二重母音や長母音の音が多く（„stehn"、„schön"、„sehn"、„Freuden" など）、明るく牧歌的な印象を受ける。それに対して、2 連目と 3 連目は激しい内容に呼応するように、„ch" という摩擦音が何度も使われ耳に響く（„breche"、„dich"、„steche"、„dich"、„brach"、„stach"、„Ach"）。特に、„brechen"（「折る」）„stechen"（「刺す」）という動詞は言葉の意味だけでなく、音によってその破壊性を表している。

冠詞も主語も省略した簡潔で引き締まった表現、「序・破・急」を思わせるドラマチックな構成、詩の内容にふさわしい音の響き、これらが野ばらを民謡とは一線を画した芸術作品にしている。

シュトラースブルクでの学業を終えたゲーテはフリーデリーケに別れを告げ、フランクフルトへと帰郷する。純真な少女を傷つけ、

捨てることになった罪悪感は野ばらをはじめ、その後も生涯を通じて詩や小説のモチーフとなった。

　野ばらにはシューベルトやライヒャルト、シューマン、ヴェルナーなど多くの作曲家が曲をつけた。その中で最もよく歌われているのが、シューベルトとブラウンシュヴァイクの音楽教師だったヴェルナー（Heinrich Werner, 1800-1833）の野ばらである。

Der Fischer
漁師

　水の中から現れ出でたこの女はいったい何者だろうか？　女は言葉巧みに漁師を水の中へと誘う。海の中での方が幸せに生きられる、水の中では太陽も月も美しさを増す、あなたの顔ももっと美しいとう言うのだ。漁師は女の言葉にだまされて、海の中へと引き込まれてゆく。

　私たちの日常生活の中に突如として割り込んできて私たちの生を侵す－自然はそのような恐ろしい一面を持っている。そして、生を支配する自然は死をも支配する。この詩からは死への衝動のようなものが感じられ、漁師は入水したかのようである。それとも、あるはずのないユートピアを求めて女について行ったのだろうか。人によってユートピアと感じるものは違うだろう。女、酒、麻薬、特定のイデオロギー、特定の人物、ある種の宗教、あるいは芸術、そして、自然そのもの。

　水に濡れた女のいかにも怪しい感じ、何の抵抗もできず感覚が麻痺したように誘惑されてしまう漁師の姿に、その恐ろしさがしんしんと伝わってくる。1778 年の作品。

Der König in Thule
トゥーレの王

　詩の成立は 1774 年、ゲーテの劇作『ファウスト』第 1 部にはグレートヒェンがこの詩を語る場面が出てくる。グレートヒェンを誘惑しようと計らい、メフィストとファウストが彼女の寝室に贈り物を置いていく。その直後、部屋に入ったグレートヒェンは部屋の中に漂う不穏な空気におびえつつ、「トゥーレの王」を口ずさむ。トゥーレの王のような愛への憧れを歌うことで、ファウストの不純な愛にトゥーレの王の誠実な愛が対比される。

　4 行ずつ abab の交差韻、ヤンブス（弱強のリズム）のゆったりとしたリズムで、淡々と物語が語られる。

　時は、いつとも知れぬ昔のこと、舞台は遠い北方にある島とされるトゥーレの海のほとりに立つ古城である。王妃とおぼしき最愛の人は黄金のさかずきを残して、王より先に逝ってしまう。愛する人の形見のさかずきから飲むごとに、王は亡き人を想い、亡き人との交流を重ねる。亡くなるまで彼女に誠を尽くしただけでなく、亡き後も誠実であり続けたのである。

　王はもはやこの世の富や財産には何の未練もなく、王妃の形見であり愛の象徴であるさかずきだけが王にとってかけがえのないものだった。「居並ぶ騎士」、「先祖が見守る」という言葉からは、代々継承されてきた由緒ある家門の出である王の偉大さが伝わってくる。

　「命の炎」（Lebensglut）とは何と激しく強い言葉だろうか。死ぬ前にあらん限りの力をふりしぼり、王は自らさかずきを手放す。さかずきが沈む（sinken）と、王の目も沈み（sinken）、さかずきが水を飲む（trinken）と王は二度と酒を飲まない（trank nie）。

　「海」（Meer）、「潮」（Flut）、「飲む」（trinken）、「沈む」（sinken）、

「しずく」（Tropfen）など、水に関する言葉が次々と連ねられること
で雰囲気が盛り上げられてゆき、水がすべてを飲み込んで、最後に
王の死が暗示される。

　静けさと哀しみがその場を満たし、朗読が終わった後も、しばら
くその余韻に浸っていたくなる。ただ読むだけ、あるいは、朗読を
聞くだけで十分満足を覚える。リートを聞く場合でも、音楽を聞く
ためというより、詩を味わうために私は聞く。

　この曲につけられたリートでよく歌われるのは、シューベルトと
ツェルター（Carl Friedrich Zelter, 1758-1832）である。ツェルターは
ゲーテと大変親しく、ゲーテの音楽顧問とも言うべき存在だった。
ツェルターがゲーテの詩に曲をつけたリートは148曲にものぼる。

愛の歌

Gretchen am Spinnrade

Meine Ruh' ist hin,
Mein Herz ist schwer;
Ich finde sie nimmer
und nimmermehr.

Wo ich ihn nicht hab',
Ist mir das Grab,
Die ganze Welt
Ist mir vergällt.

Mein armer Kopf
Ist mir verrückt,
Mein armer Sinn
Ist mir zerstückt.

Meine Ruh' ist hin,
Mein Herz ist schwer;
Ich finde sie nimmer
und nimmermehr.

Nach ihm nur schau' ich
Zum Fenster hinaus,
Nach ihm nur geh' ich
Aus dem Haus.

糸を紡ぐグレートヒェン

胸がさわぐ、
心が重い、
やすらぎは　二度と
二度と再び　戻らない。

あの人のいないところ、
そこは墓場、
この世のすべてが
いまわしい。

もの狂おしさに
正気を失う、
わたしの心は
千々に砕ける。

胸がさわぐ、
心が重い、
やすらぎは　二度と
二度と再び　戻らない。

あの人を一目見ようと
窓から外を眺めやる、
あの人のもとへ行こうと
わたしは知らず家を出る。

Sein hoher Gang,
Sein' edle Gestalt,
Seines Mundes Lächeln,
Seiner Augen Gewalt,

Und seiner Rede
Zauberfluß,
Sein Händedruck,
Und ach sein Kuß!

Meine Ruh' ist hin,
Mein Herz ist schwer,
Ich finde sie nimmer
und nimmermehr.

Mein Busen drängt
Sich nach ihm hin.
Ach dürft' ich fassen
Und halten ihn,

Und küssen ihn,
So wie ich wollt',
An seinen Küssen
Vergehen sollt'!

Franz Schubert
D118 op.2, 1814

あの人のとうとい歩み、
気高い姿、
口元に浮かぶほほえみ、
眼の力。

心とろかす
彼のことば、
わたしを握る手の強さ、
ああ、そして　彼の口づけ！

胸がさわぐ、
心が重い、
やすらぎは　二度と
二度と再び　戻らない。

彼にむかって
胸が馳せる。
しっかりつかまえて
離したくない、

そして　思いのかぎり
口づけしたい、
彼の口づけに
息が絶えても　かまわないから！

シューベルト
D118 作品 2, 1814

Schäfers Klagelied

Da droben auf jenem Berge,
Da steh ich tausendmal,
An meinem Stabe gebogen,
Und schaue hinab in das Tal.

Dann folg ich der weidenden Herde,
Mein Hündchen bewahret mir sie.
Ich bin herunter gekommen
Und weiß doch selber nicht wie.

Da stehet von schönen Blumen
Die ganze Wiese so voll.
Ich breche sie, ohne zu wissen,
Wem ich sie geben soll.

Und Regen, Sturm und Gewitter
Verpaß ich unter dem Baum.
Die Türe dort bleibet verschlossen;
Denn alles ist leider ein Traum.

Es stehet ein Regenbogen
Wohl über jenem Haus!
Sie aber ist weggezogen,
Und weit in das Land hinaus.

羊飼いの嘆きの歌

あの山のいただきに
何度　ぼくは立っただろう、
杖にもたれて
何度　谷を　見おろしただろう。

草を食（は）む羊の番を
犬にまかせて　群れを追い、
ぼくは下まで　おりて来た、
ぼんやりと　気づかぬうちに。

牧場（まきば）には　一面に
きれいな花が咲いている。
手折（たお）らずにはいられない、
だれにあげる当てもないのに。

嵐が来れば
ぼくは木陰で　雨風しのぐ。
あそこの戸口は　閉じたまま、
すべては　はかない夢だったのだ。

ほら、みごとな虹が
あの家の上にかかっている！
けれど　あの娘（こ）は行ってしまった、
はるかかなたの遠い地へ。

Hinaus in das Land und weiter,
Vielleicht gar über die See.
Vorüber, ihr Schafe, vorüber!
Dem Schäfer ist gar so weh.

Franz Schubert
D121-b op.3 Nr.1, 1814

はるかかなたの遠い地の
ひょっとして　海を越えたその先へ。
終わったのだ、羊らよ、終わったのだ！
羊飼いの胸は痛いのだ。

シューベルト
D121-b 作品 3 の 1, 1814

Rastlose Liebe

Dem Schnee, dem Regen,
Dem Wind entgegen,
Im Dampf der Klüfte,
Durch Nebeldüfte,
Immer zu! Immer zu!
Ohne Rast und Ruh!

Lieber durch Leiden
Möcht' ich mich schlagen,
Als so viel Freuden
Des Lebens ertragen.
Alle das Neigen
Von Herzen zu Herzen,
Ach wie so eigen
Schaffet das Schmerzen!

Wie soll ich fliehen?
Wälderwärts ziehen?
Alles vergebens!
Krone des Lebens,
Glück ohne Ruh,
Liebe, bist du!

Franz Schubert
D138 op.5 Nr.1 1815?

やすみなき恋

雪に、雨に、
風にあらがい
谷間の霧を、
もやをつき、
先へ先へと　どこまでも！
休まず、憩わず！

生のよろこびに
ひたるより、
苦悩の中を
突き抜けていこう。
人が人を
慕う気持ち、
それが　かくも苦しみを
もたらすとは！

どこへ逃れるべきだろう？
森へとゆくか？
せんなきことだ！
いのちの王冠、
憩いなき幸、
恋よ、それがおまえだ！

シューベルト
D138 作品 5 の 1, 1815?

Nähe des Geliebten

Ich denke dein, wenn mir der Sonne Schimmer
      Vom Meere strahlt;
Ich denke dein, wenn sich des Mondes Flimmer
      In Quellen malt.

Ich sehe dich, wenn auf dem fernen Wege
      Der Staub sich hebt;
In tiefer Nacht, wenn auf dem schmalen Stege
      Der Wandrer bebt.

Ich höre dich, wenn dort mit dumpfem Rauschen
      Die Welle steigt.
Im stillen Haine geh' ich oft zu lauschen,
      Wenn alles schweigt.

Ich bin bei dir, du seist auch noch so ferne,
      Du bist mir nah!
Die Sonne sinkt, bald leuchten mir die Sterne.
      O wärst du da!

Franz Schubert
D162 op.5 Nr.2, 1815 (2.Fassung)

愛する人のかたわら

あなたを思う、太陽が　海から
　　　淡い光を　放つとき、
あなたを思う、月かげが　おぼろに
　　　泉の面を　照らすとき。

あなたを見る、舞い上がる　砂塵に
　　　道が　かすむとき、
小途をたどる旅人が　ひとり夜ふけに
　　　身を震わせるとき。

あなたの声を聞く、高まる波に　潮騒が
　　　遠くで鈍く　鳴り響くとき。
静かな森を　わたしは歩く　耳をそばだて、
　　　ものみなすべて　静まりかえるとき。

わたしはあなたのそばにいる、たとえ遠く　離れていても、
　　　あなたはわたしのそばにいる！
日が暮れる、やがて頭上に　星がまたたく。
　　　ああ、あなたがここにいたら！

シューベルト
D162 作品 5 の 2, 1815（第 2 稿）

Wonne der Wehmut

Trocknet nicht, trocknet nicht,
Tränen der ewigen Liebe!
Ach, nur dem halbgetrockneten Auge
Wie öde, wie tot die Welt ihm erscheint!
Trocknet nicht, trocknet nicht,
Tränen unglücklicher Liebe!

Ludwig van Beethoven
op.83 Nr.1, 1811

Franz Schubert
D260 op.115 Nr.2, 1815

悲哀のよろこび

かわかぬがよい、かわかぬがよい、
とわに変わらぬ恋の涙よ！
なかばかわいたまなこにうつるは
何とわびしく　うつろな世界！
かわかぬがよい、かわかぬがよい、
不幸せな恋の涙よ！

ベートーヴェン
作品 83 の 1, 1811

シューベルト
D260 作品 115 の 2, 1815

Jägers Abendlied

Im Felde schleich' ich still und wild,
Gespannt mein Feuerrohr,
Da schwebt so licht dein liebes Bild,
Dein süßes Bild mir vor.

Du wandelst jetzt wohl still und mild
Durch Feld und liebes Tal,
Und ach, mein schnell verrauschend Bild,
Stellt sich dir's nicht einmal?

Des Menschen, der die Welt durchstreift
Voll Unmut und Verdruß,
Nach Osten und nach Westen schweift,
Weil er dich lassen muß.

Mir ist es, denk' ich nur an dich,
Als in den Mond zu sehn;
Ein stiller Friede kommt auf mich,
Weiß nicht, wie mir geschehn.

Franz Schubert
D368 op.3 Nr.4, 1816

狩人の夕べの歌

銃の内金を上にあげ、足をしのばせ　野を歩く、
ひっそりと　大胆に、
すると　いとしい君のおもかげが、愛らしい姿が　まざまざと
ぼくのまなこに浮かびくる。

今頃　君は　野を越え谷越え　歩いていることだろう、
ひっそりと　穏やかに、
ああ、そんなとき　ぼくのはかないおもかげが
君には思い浮かぶことさえないのだろうか。

さまよい歩く人間のおもかげが、
君をおいて去らねばならぬ
憤懣とやるせなさに　さいなまれ、
西に東にさすらうぼくの。

こうして　君のことばかり想っていると、
月に見入る心地がしてくる。
静かなやすらぎが　ぼくを訪う、
そのわけを　ぼくは知らない。

シューベルト
D368　作品3の4, 1816

Willkommen und Abschied

Es schlug mein Herz, geschwind zu Pferde!
Es war getan fast eh gedacht.
Der Abend wiegte schon die Erde,
Und an den Bergen hing die Nacht;
Schon stand im Nebelkleid die Eiche,
Ein aufgetürmter Riese, da,
Wo Finsternis aus dem Gesträuche
Mit hundert schwarzen Augen sah.

Der Mond von einem Wolkenhügel
Sah kläglich aus dem Duft hervor,
Die Winde schwangen leise Flügel,
Umsausten schauerlich mein Ohr;
Die Nacht schuf tausend Ungeheuer,
Doch frisch und fröhlich war mein Mut:
In meinen Adern welches Feuer!
In meinem Herzen welche Glut!

Dich sah ich, und die milde Freude
Floß von dem süßen Blick auf mich;
Ganz war mein Herz an deiner Seite
Und jeder Atemzug für dich.
Ein rosenfarbnes Frühlingswetter

逢瀬と別れ

胸が高鳴る、はや　馬へ！
思うが早いか　ぼくは　飛び乗る。
夕暮れが　すでに大地を眠りに誘い、
山々に夜のとばりが　おりていた。
オークの木は　霧の衣に包まれて、
そそり立つ巨人のごとく　立っている、
その繁みから　暗闇が
無数の黒い目を　のぞかせた。

群雲より　あわれな月が
姿をあらわす　もやを払いて、
風が静かに　翼を鳴らし、
耳元で　不気味にざわめく。
夜は無数の物の怪をつくり出す、
だが　ぼくは　はつらつとして陽気だった。
ぼくの血の中に　燃ゆる炎！
ぼくの心に　たぎる情熱！

君に会った、すると　静かなよろこびが
君の愛らしい目からあふれる、
ぼくの心は君に寄り添い
一息一息を　君に捧げる。
いとしいおもざしを包むのは

Umgab das liebliche Gesicht,
Und Zärtlichkeit für mich – ihr Götter!
Ich hofft' es, ich verdient' es nicht!

Doch ach, schon mit der Morgensonne
Verengt der Abschied mir das Herz:
In deinen Küssen welche Wonne!
In deinem Auge welcher Schmerz!
Ich ging, du standst und sahst zur Erden,
Und sahst mir nach mit nassem Blick:
Und doch, welch Glück, geliebt zu werden!
Und lieben, Götter, welch ein Glück!

Franz Schubert
D767b op.56 Nr.1, 1822

薔薇色の春の陽気、
そして　ぼくへのやさしい情愛、──神々よ！
ぼくがそれを望んだのだ、それに値もしないのに！

ああ、しかし　朝日がのぼると
別れのつらさが　胸をふさぐ、
君の口づけに　何というよろこび！
君の目に　何という悲しみ！
ぼくはゆく、君はたたずみ、目を伏せる、
そうして　目をうるませて　ぼくを見送る。
それでも　何と幸せなことだろう、愛されることは！
そして　愛することは、神々よ、何と幸せなことだろう！

シューベルト
D767b 作品 56 の 1, 1822

作品解説

Gretchen am Spinnrade
糸を紡ぐグレートヒェン

　シューベルトの「糸を紡ぐグレートヒェン」を初めて聞いた時の感動は忘れられない。グレートヒェンの胸の高鳴りと底知れぬ不安が直に心に響き、思わず息が詰まるのを覚えた。シューベルトの天才的な作曲によって命を吹き込まれたゲーテの詩がソプラノ歌手の歌声を通して私に届けられ、心臓を鷲づかみにしたのである。

　この詩は、ゲーテの『ファウスト』第一部で、グレートヒェンが街で出会って恋に落ちたファウストのことを想って口ずさむ詩である。ファウストに会いたくて会いたくてたまらない、寝ても覚めても考えるのはファウストのことばかり。ファウストがかたわらにいない今、グレートヒェンは彼の姿を思い浮かべる。彼の歩く姿、ほほえみ、まなざし、手の力。恋の虜になって自分を制御できなくなってしまった不安がグレートヒェンに重くのしかかる。そして、ファウストとの口づけを想像し、心は高ぶり、身は疼く。こうして、純粋無垢だった少女は、自らの思いもかけない情欲の深さを垣間見、背徳の罪の予感におののくのである。

　やがて、この恋は、ファウストの訪問を受け入れるため母親に睡眠薬を飲ませ誤って殺してしまい、さらには、ファウストとの間にできた赤ん坊を溺死させるという恐ろしい結末を迎えることになる。

　詩を読むと、グレートヒェンが糸車を回しながら、ファウストの姿を思い浮かべ、徐々に興奮が高まっていくその心の様がひしひしと伝わってくる。言葉の力だけでも非常に強いため、これを声に出

し、歌にしたものを聞くと、激しさに圧倒される。グレートヒェン
の胸のうちの不安を思えば、そしてまた、彼女がだれかに聞かせよ
うとして語っているわけではないことを考えれば、このリートをオ
ペラのアリアのように歌い上げるのはふさわしくないだろう。高ぶ
る気持ちは外へではなく、むしろ内にこそ向けられているのだ。

　この曲は、シューベルトがゲーテの詩につけた最初の曲である。
ドイツ・リートの新しい始まりを告げる曲として、リート史上記念
碑的な作品となった。当時、シューベルトは17歳、若かったから
こそ作り得た曲だと感じる。

Schäfers Klagelied
羊飼いの嘆きの歌

　1802年頃の作品とされる。これも、民謡に触発されて書かれた
詩で、遠くへ行ってしまった恋人を想って羊飼いが歌う詩である。
　羊飼いは羊を連れて毎日山に登り、その頂から谷を見下ろす。山
のふもとの村に羊飼いの恋人が住んでいたのだろう。けれども、恋
人は去ってしまい、羊飼いは茫然自失となって山を下りる。牧場
は花盛りなのに、花を手折っても贈る相手はもういない。雨が降り
風が吹いても、羊飼いを家に招き入れてくれる人はいないのだ。終
わったのだ、と自分を納得させるように羊飼いは繰り返すが、その
胸は悲しみでいっぱいである。
　シューベルトのリートは悲しげな調べで始まり、2連目からは憧
れに満ちたメロディーが流れる。4連目に至ると曲調は突然激しさ
を増し、嵐を喚起するが、ふと恋人の不在に気づいた羊飼いが我に
帰ると、再び憂いに満ちた曲調に戻る。そして最後に、また最初の
メロディーが繰り返されて終わる。

このリートのメロディーの美しさには特筆すべきものがある。リートを聞くと、詩を読んで感じる以上に、羊飼いの嘆きがひとつのドラマとして胸に迫ってくる。

Rastlose Liebe
やすみなき恋

　最初の1行から最後の1行に至るまで、詩人は文字通り休まず憩わず、先へ先へと言葉を連ね、苦悩の中を突き抜けていった感がある。ベートーヴェンとは相性が悪かったとされるゲーテだが、私はこの詩に表れている情熱は、ベートーヴェンの音楽の中に表現されている情熱と非常に近いものがあると思う。たとえば、ピアノ・ソナタ「月光」の第三楽章などを聞いてみると、この詩の世界と相通ずるものがあるのを感じる。

　人を愛することには、困難と苦悩がつきものだ。それがかなわぬ恋ならなおさらである。相手への思いが強ければ強いほど、苦悩もまた深く、成就しないとわかっていても、相手をあきらめることなどできはしない。詩人は苦しみを正面から受け止めて、苦しみの中を突き抜けていこうとする。どこにも逃げるところなどありはしない、人を愛することが生きている証であり、幸と不幸が背中合わせになっているのが愛なのだ。そして、苦悩することこそが幸せなのである。

　詩の成立は1776年、ヴァイマルの主馬頭（しゅめのかみ）の妻シュタイン夫人（Charlotte von Stein, 1742-1827）と出会って間もない頃のことだった。掲出詩全体から、夫人への熱い思いに触発された詩人の情熱がほとばしり出ている。

　この詩については、音楽が詩の鑑賞の妨げになっていると感じ、

　私は、リートで聞くより言葉だけで詩を読むことを好んでいる。リート愛好家の皆さん、音楽の専門家の皆さんはどう感じるだろうか。

Nähe des Geliebten
愛する人のかたわら

　タイトルの「愛する人」（des Geliebten）が男性名詞になっていることから、この詩は女性が男性のことを思ってうたった詩だということがわかる。作者であるゲーテはもちろん男性なので、この詩は自分の体験や感情を直接うたったものではなく、他の人物になり代わってつくったいわゆる「役割詩」である。役割詩とはいえ、そこにはゲーテの何がしかの経験、感情が色濃く反映されていることは言うまでもない。

　この詩の成立は 1795 年。古典期の最盛期に作られており、その形式は完璧に整ったものである。原文では、脚韻は abab の形で規則的に繰り返され、最初から最後まで弱強弱強のリズムが一貫して続く。長い行と短い行が交互になっていることも特徴的だ。いかにも歌詞として通用しそうな詩で、音楽家なら思わず曲をつけてみたくなるだろう。

　「あなたを思う／……とき」、「あなたを見る／……とき」、「あなたの声を聞く／……とき」の繰り返しが印象的である。「わたし」は、日の昇るのを見ては彼を思い、月の光を見ては彼を思う。朝に夕に彼のことを思い出さずにはいられない。遠くで土ぼこりが上がれば、彼ではないかと思い、海鳴りに彼の声を聞く。物音ひとつしない静けさの中でも、彼の声が聞こえるのではないかと耳をそばだてるのである。

　どこにいても、何を見ても、何を聞いても、常に恋人のことを考

えずにはいられない「わたし」の気持ちがしみじみと伝わってくる。恋する人と遠く離れて暮らすとき、恋心は一層つのる。その心の高まりをこの詩は見事に表現している。

　けれども、淡い太陽の光、おぼろげな月の光、遠くで上がる砂塵、鈍い波の音など、これらの言葉は「わたし」と恋人とを隔てる距離の遠さ、心の不安をも暗示しているようだ。こんなにも恋人の存在を身近に感じるのに、やはり彼はここにいないのだ。恋人の肉体的な不在をふと強く感じ、「わたし」は彼がここにいたら、と願わずにはいられない。

　「わたしはあなたのそばにいる」。そして、「あなたはわたしのそばにいる」。しかし、「あなたはここにいない」のだ。だから、「あなたがここにいたら！」と思うのである。この相矛盾する表現が夢見がちでロマンティックな気分を現実に引き戻すと同時に、この詩を非凡なものにしている。

　どんなに愛する人のことを思っても、決して補うことのできない肉体の不在、強く思えば思うほど、かえって一層相手のいない淋しさに耐えられなくなる人間の心。最終行の「あなたがここにいたら！」という嘆きは私には「なぜ、あなたはここにいないの？」という悲痛な叫びとなって聞こえてくる。

　シューベルトはこの詩にぴったりの曲をつけた。憧れに満ちたメロディーはたとえようもなく美しく、アウフタクト（弱拍）に続く一拍目の長く伸ばされた音に募る思いが込められているようだ。有節歌曲であるが、4連目最終行の「あなたがここにいたら！」――この詩句にだけは1連目から3連目までと同一のメロディーでは表現し得ない特別な心情が発せられていると思う。惜しむらくは、有節歌曲であるために、それが曲には反映されていない。

Wonne der Wehmut
悲哀のよろこび

　恋をせずに無味乾燥とした世界に生きるよりは、いかに苦しくとも恋の苦悩のうちに生きたい、苦しみの中に生きるよろこびがある、というゲーテの恋愛観、人生観が6行の中に詰まっている。初稿は1775年に成立した。

　この詩にはシューベルトも曲をつけているが、ベートーヴェンによるものの方がすぐれており、よく知られている。

Jägers Abendlied
狩人の夕べの歌

　愛する人への思慕を胸に秘め、狩人が夜の野辺を闊歩する。いつでも獲物を仕留めることができるように銃を持っているようでいて、心の中は愛する女性のことで占められている。狩人は „still und wild"（「ひっそりと　大胆に」）、対する女性は „still und mild"（「ひっそりと　穏やかに」）歩いている。二人の身ぶりの差は、二人の心情の違いでもある。狩人の心のうちには激しい思いが渦巻いており、一方、女性の心情は月のように静かで平和である。

　最後の連には、ゲーテの別の詩「月に寄す」（p. 93）と相通ずるものを感じる。荒く波立っていた狩人の心は、愛する人のことを思うにつれて、いつしか沈静してゆく。たとえ会えなくても、また、たとえ片思いであったとしても、愛する人の存在そのものが狩人に安らぎを与えてくれるのである。

　詩の成立は1775年から76年にかけての冬で、背景にはシュタイン夫人への愛があると推測されている。

シューベルトはこの詩に静かな有節歌曲をつけた。リートでは詩の第3連目が省略されて歌われる。もしも、この部分にも曲をつけるとするならば、詩の内容に合わせ、1、2、4連目とは異なるいくぶん激しい曲調でなければならなかったことだろう。

Willkommen und Abschied
逢瀬と別れ

シュトラースブルクの大学生だったゲーテとゼーゼンハイムの牧師の娘フリーデリーケ・ブリオンとの出会いからは、ゼーゼンハイムの歌（Sesenheimer Lieder）と呼ばれる一連の歌が生まれた。ドイツ文学に新しい時代を告げる詩として画期的なものであり、青春そのもののようなみずみずしさと清新な輝きにあふれている。ここに取り上げた詩はその中のひとつとして有名で、初稿は1771年春に成立した。

恋人に会いに行こうと思い立つが早いか、「ぼく」は馬に飛び乗り、彼女のもとへと向かう。衝動の激しさと行動の素早さが、ヤンブス（弱強）のはずむようなリズムとともに最初の2行から伝わってくる。すでに夕闇の迫る時分のことだった。デモーニッシュな自然の描写には、「魔王」を思わせるものがある。

現代とは違って、灯ひとつなく舗装もされていない田舎の道は、本当に暗く不気味に見えたことだろう。また、恋ゆえに研ぎ澄まされた詩人の感覚が、自然の魔術的な力をより鋭敏に感じ取ったということもあるだろう。しかし、男性には活力と生命力がみなぎっていた。恋人に会うためなら、どんな困難をも克服してみせよう。そんな心情も手伝って、自然の脅威もものかは、彼はひたすら馬を走らせる。

　恋人に会った喜びがどれほどのものであったかは、「神々よ！」の叫びが伝えている。第3連と第4連の間には、明らかに時の経過があり、二人が共に夜を過ごしたことが暗示される。

　しかし、逢瀬の喜びも束の間、朝日が昇ると二人は別れなければならない。二人が交わす別れのキスには歓喜に悲しみが入り混じる。目にいっぱい涙をためてうつむく彼女の姿が男性の胸を締めつける。それでも、彼女に会えた喜びが別れの辛さにまさっている。人に愛されること、そして、人を愛することの喜びに男性の胸はうち震えるのだ。

　この詩の中の「ぼく」がゲーテその人と完全に一致しているかどうか、この詩に描かれている経験がゲーテの経験したことと全く同一であるかどうかは、明らかでない。しかし、ゲーテの自伝的小説『詩と真実』の第3部には、フリーデリーケに会いに、シュトラースブルクからゼーゼンハイムまでの道のりを馬で行ったときのこと、シュトラースブルクでの学業を終え故郷のフランクフルトへ戻るゲーテが最後にフリーデリーケに会ったときのことが記されている。

　「このようなあわただしさと騒がしさの中にあってなお、私はもう一度フリーデリーケに会わずにはいられなかった。心苦しい日々だったが、細かいことは覚えていない。馬上からもう一度彼女に手を差しのべたとき、彼女の目に涙が浮かんでいた。私もひどく辛かった。」

『ヴィルヘルム・マイスターの修業時代』より

Der Sänger

„Was hör' ich draußen vor dem Tor,
Was auf der Brücke schallen?
Laß den Gesang vor unserm Ohr
Im Saale widerhallen!"
Der König sprachs, der Page lief;
Der Knabe kam, der König rief:
„Laßt mir herein den Alten!"

„Gegrüßet seid mir, edle Herrn,
Gegrüßt ihr, schöne Damen!
Welch reicher Himmel! Stern bei Stern!
Wer kennet ihre Namen?
Im Saal voll Pracht und Herrlichkeit
Schließt, Augen, euch; hier ist nicht Zeit,
Sich staunend zu ergetzen."

Der Sänger drückt' die Augen ein
Und schlug in vollen Tönen;
Die Ritter schauten mutig drein,
Und in den Schoß die Schönen.
Der König, dem das Lied gefiel,
Ließ, ihn zu ehren für sein Spiel,
Eine goldne Kette holen.

歌びと

「城門の外から聞こえる
橋の上で鳴り響く　あの音は何か？
あの歌を我らの耳に
この広間に響かせよ！」
王のことばで　小姓が走る、
小姓が戻ると　王が命じる、
「老人を　中に通せ！」

「ごきげんよろしゅう、高貴な殿方、
ごきげんよろしゅう、うるわしきご婦人方！
何と華麗な楽園！　居並ぶ星々！
皆様のお名前を知る由もございません、
この豪華絢爛たる広間では
目よ、閉じよ、嘆賞するため
呼ばれたわけではございません。」

歌びとは　まなこを閉じると
ろうろうと　声を張り上げ　一曲吟じた。
騎士たちは　凛と目を据え、
麗人は　おもてを伏せた。
その歌は　御意にかなえば、
王は　ほうびを与えんと
金の鎖を　持ってこさせた。

„Die goldne Kette gib mir nicht,
Die Kette gib den Rittern,
Vor deren kühnem Angesicht
Der Feinde Lanzen splittern!
Gib sie dem Kanzler, den du hast,
Und laß ihn noch die goldne Last
Zu andern Lasten tragen.

Ich singe, wie der Vogel singt,
Der in den Zweigen wohnet;
Das Lied, das aus der Kehle dringt,
Ist Lohn, der reichlich lohnet.
Doch darf ich bitten, bitt' ich eins:
Laß mir den besten Becher Weins
In purem Golde reichen!"

Er setzt' ihn an, er trank ihn aus:
„O Trank voll süßer Labe!
O wohl dem hochbeglückten Haus,
Wo das ist kleine Gabe!
Ergeht's Euch wohl, so denkt an mich,
Und danket Gott so warm, als ich
Für diesen Trunk Euch danke."

Franz Schubert
D149 op.117, 1815

「金の鎖を受け取るべきは
わたくしではなく　騎士の皆様、
豪気な勇士の面前では
敵の槍も砕けましょう。
あるいは　鎖は大臣に、
重き務めに　金の重みを
さらに加えて　担わせたまえ。

樹の枝に止まって歌う鳥のように
わたくしは　歌います。
のどからほとばしるこの歌こそが
豊かな報酬、ほうびなのです。
ただひとつ、もしもお許し願えれば、
美酒一献<ruby>美酒一献<rt>いっこん</rt></ruby>　純金のさかずきに注<ruby>注<rt>つ</rt></ruby>ぎ、
与えたまえ。」

歌びとは　杯<ruby>杯<rt>はい</rt></ruby>に口当て、飲み干した。
「甘露なるかな、癒しの酒よ！
ささやかな施しを　おこなって
満ち足りた館は　幸いなるかな！
幸あらば、わたくしを思い、
篤き感謝を　神にお捧げくださいますよう、
わたくしも　この一杯を忘れません。」

シューベルト
D149 作品 117, 1815

Harfenspieler

1

Wer sich der Einsamkeit ergibt,
Ach! der ist bald allein;
Ein jeder lebt, ein jeder liebt
Und läßt ihn seiner Pein.

Ja! laßt mich meiner Qual!
Und kann ich nur einmal
Recht einsam sein,
Dann bin ich nicht allein.

Es schleicht ein Liebender lauschend sacht,
Ob seine Freundin allein?
So überschleicht bei Tag und Nacht
Mich Einsamen die Pein,
Mich Einsamen die Qual.
Ach, werd ich erst einmal
Einsam im Grabe sein,
Da läßt sie mich allein!

2

Wer nie sein Brot mit Tränen aß,
Wer nie die kummervollen Nächte
Auf seinem Bette weinend saß,

竪琴弾きの歌

1
孤独に身をゆだねる者は
ひとりきりになるだろう。
ひとは皆　自分の生と恋とに没頭し
苦しむ者をかえりみない。

さらば　よし！　わたしは苦悩を味わいつくそう！
そうして　いつか
真に孤独になれたなら、
そのとき　わたしはひとりではない。

恋する男がしのび歩く、
恋人は　ひとりでいるかと　様子をうかがい。
そのように　朝に夕にしのび寄る、
孤独なわたしに苦しみが、
孤独なわたしに悲しみが。
ああ、いつの日か墓に入り、
孤独になったそのときに、
ようやく　苦悩と無縁になるのだ！

2
涙ながらにパンを食べ、
悩みの夜々を　泣きぬれて
床で過ごしたことのない者に、

Der kennt euch nicht, ihr himmlischen Mächte.

Ihr führt ins Leben uns hinein,

Ihr laßt den Armen schuldig werden,

Dann überlaßt ihr ihn der Pein:

Denn alle Schuld rächt sich auf Erden.

3

An die Türen will ich schleichen,

Still und sittsam will ich stehn;

Fromme Hand wird Nahrung reichen,

Und ich werde weitergehn.

Jeder wird sich glücklich scheinen,

Wenn mein Bild vor ihm erscheint;

Eine Träne wird er weinen,

Und ich weiß nicht, was er weint.

Franz Schubert
D478b, 480, 3, 479b op.12 Nr.1–3, 1816

Robert Schumann
op.98a Nr.6, 3, 8, 1841

Hugo Wolf
1888

汝ら　天の軍勢のことは　わかるまい。
汝らは　われらを人生の中に引き入れて、
あわれな者に罪を犯させ、
そうして　呵責のうちに　うち捨てる。
報いを受けずにすむ罪は　絶えてこの世にないのだから。

3
家々の戸口へ　しのび寄り、
じっと静かに　たたずんでいよう、
善良な人からパンを恵んでもらい、
わたしは　先へと歩みを進める。
わたしの姿を目にした者は
おのれの幸せを思うらしい、
そうして　一粒の涙をこぼすだろうが、
どうして泣くのか、わたしは知らない。

シューベルト
D478b, 480, 3, 479b 作品 12 の 1–3, 1816

シューマン
作品 98a の 6, 3, 8, 1841

ヴォルフ
1888

Kennst du das Land (Lied der Mignon)

Kennst du das Land, wo die Zitronen blühn,
Im dunkeln Laub die Gold-Orangen glühn,
Ein sanfter Wind vom blauen Himmel weht,
Die Myrte still und hoch der Lorbeer steht,
Kennst du es wohl?
Dahin! Dahin
Möcht' ich mit dir, o mein Geliebter, ziehn!

Kennst du das Haus? Auf Säulen ruht sein Dach,
Es glänzt der Saal, es schimmert das Gemach,
Und Marmorbilder stehn und sehn mich an:
Was hat man dir, du armes Kind, getan?
Kennst du es wohl?
Dahin! Dahin
Möcht' ich mit dir, o mein Beschützer, ziehn!

Kennst du den Berg und seinen Wolkensteg?
Das Maultier sucht im Nebel seinen Weg,
In Höhlen wohnt der Drachen alte Brut,
Es stürzt der Fels und über ihn die Flut:
Kennst du ihn wohl?
Dahin! Dahin
Geht unser Weg! o Vater, laß uns ziehn!

ゲーテの詩による歌曲集（シューベルトを中心に）
『ヴィルヘルム・マイスターの修業時代』より

知っていますか、あの国を（ミニョンの歌）

知っていますか、あの国を。レモンは花咲き、
暗き葉むらに　黄金のオレンジ輝く、
紺碧の空から　風がそよ吹いて、
ミルテは静かに、月桂樹は高く立つ、
知っていますか、あの国を。
あそこへ！　あそこへ
愛する人よ、あなたとともに　わたしはゆきたい！

知っていますか、あの家を。並び立つ柱が支える屋根の下、
広間はまばゆく、居間は小暗く輝いている、
大理石の像は　わたしを見つめて問うことに、
「気の毒に、あなたはどんな目にあったのか」、
知っていますか、あの家を。
あそこへ！　あそこへ
頼める人よ、あなたとともに　わたしはゆきたい！

知っていますか、あの山を、雲の岨道。
ゆく道を　霧の中に　騾馬は探る、
巌谷には　古いやからの竜が棲み、
切り立つがけのその上を　滝　流れ落つ、
知っていますか、あの山を。
あそこへ！　あそこへ
通じる道を、父なる人よ、二人でともにゆきましょう！

Franz Schubert
D321 1815

Hugo Wolf
1888

ゲーテの詩による歌曲集（シューベルトを中心に）
『ヴィルヘルム・マイスターの修業時代』より

シューベルト
D321 1815
ヴォルフ
1888

作品解説

Der Sänger
歌びと

　ゲーテ 1783 年の作品。『ヴィルヘルム・マイスターの修業時代』第 2 巻の中で竪琴弾きの老人が主人公ヴィルヘルムを前にして歌う歌である。この歌が浮き彫りにしてみせるのは、一般の社会の外でアウトサイダーとして生きる人生であり、詩人として純粋に芸術のために生きる人生である。そして、そこに中世の吟遊詩人と竪琴弾きの双方が交わる点がある。

　この詩の最も重要な部分と言えば、第 5 連の「樹の枝に止まって歌う鳥のように」で始まる 4 行だろう。お金のために歌っているのではない、ただ歌うことが自分にとって純粋な喜びなのだという、芸術家の誇り高い宣言である。

　ababccd という古い形式の脚韻から成る中世風の物語詩に合わせ、シューベルトもまた、重々しく古風なリートを作曲した。レチタティーヴォ（叙唱）で始まり、アリオーソ（旋律的叙唱）が挿入される。第 5 連、そして、詩の最後を締めくくるアリオーソの美しさが印象的である。

Harfenspieler
竪琴弾きの歌

　ゲーテの小説『ヴィルヘルム・マイスターの修業時代』で、竪琴弾きの老人が歌う歌である。「孤独に身をゆだねる者は」と「涙な

がら」は第3巻、「家々の戸口へ」は第5巻に収められている。「涙ながらにパンを食べ」は特に有名な詩で人口に膾炙しているので、聞いたことがある人は多いだろう。悩みのうちにある時に、思わずこの詩句をつぶやいたことがある人も多いのではないだろうか。

『ヴィルヘルム・マイスター』に挿入されている詩には魅力に満ちた名詩が多く、シューベルト以外にもシューマン、ヴォルフなど多くの詩人が曲をつけている。シューベルトは、竪琴弾きとミニョンの歌にはすべて、しかも、納得のいくまで何度も作曲した。

竪琴弾きは自分の妹とは知らずに実の妹との間に関係を持ち、ミニョンという女の子を生ませてしまう。罪の意識にさいなまれ、彼は故郷のイタリアからドイツに逃れ、ほとんど狂気の淵をさまよい歩く。老人が竪琴をつま弾きながら歌う歌からは、愛がもたらす地獄を経験し、呪われた運命を背負って生きる者の底知れぬ苦悩と暗さがにじみ出ている。

竪琴弾きは内なる自然の衝動にしたがって妹を愛するが、それは自然の掟に反することだった。彼は死ぬまでひとりでその罪を担い、だれかに話すことも、理解してもらうこともできない完全な孤独の中で生きていかねばならない。罪を犯した者には、苦しみという報いが待っている。それから逃れられる者は一人もいない、墓に入るまで決して逃れられない、その冷酷な現実に身がすくむ。

天の力を持った者たちが私たちを人生に引き入れ、天の力が私たちに罪を犯すに任せ、そのあげくの果てに私たちを苦しみに突き落とすのだ。天の力とは何と無情なものか。

涙とともにパンを食べたことのある者だけが、この天の力の何たるかを理解する。それは絶望を知る者だけに与えられる特権である。逆説的ではあるが、もしも、慰めがあるとしたら、そこに一縷の慰めがあるのかもしれない。

Kennst du das Land（Lied der Mignon）
知っていますか、あの国を（ミニョンの歌）

　不義の子として生をうけたミニョンは生まれ故郷のイタリアから遠く離れ、ドイツのとある町で綱渡りの一座の一員として働かされているところを主人公ヴィルヘルムに引き取られた。不思議な魅力を持った少女で、ヴィルヘルムに激しい愛情を抱く。この詩は『ヴィルヘルム・マイスターの修業時代』の第3巻の冒頭で、ミニョンがツィターに合わせて歌った歌である。彼女がどんなふうに歌ったか、その様子を引用してみよう。

　「彼女は各連の始めを、何か特別なことに注意を促すように、大事なことを伝えるように、荘重に華麗に歌い出した。3行目に入ると、歌は抑えた暗い調子になり、〈知っていますか〉を秘密めいて物思わしげに表現した。〈あそこへ！　あそこへ〉にはあらがいがたい憧れが込められていた。そして、〈ともに　ゆきましょう〉は、繰り返すたびに調子を変えて歌うすべを知っていて、あるときは乞い願うように切々と、あるときは流れるように期待を込めて歌った。」

　1連目では、イタリアの美しい自然が歌われる。そこでは、レモンとオレンジが花咲き、ミルテ（マートル）とローレル（月桂樹）が生い茂る。ミルテと言えば純潔と若さの象徴とされ、結婚式に花嫁がつける花として知られている。そして、月桂樹と言えば、栄光と勝利の象徴であり、その葉でつくった冠は勝者がかぶるものとして知られる。ミルテは花嫁、ローレルは花婿、あるいは強い男性の比喩として考えられるかもしれない。

　2連目のテーマは「家」である。立派な石の柱に支えられた家の壮麗な広間と居心地の良い居間への憧れが歌われる。

　3連目は一転して、険しい山と滝、洞窟に棲む竜を舞台にしたお
とぎ話に出てくるような冒険がテーマである。

　それぞれの連のテーマをつなげてみると、ミニョンは愛する人と
ともにイタリアへ行きたい、そこでともに暮らし、ともに危険に打
ち勝って困難を乗り越えたいと歌い、誘っているかのようだ。

　「知っていますか」で始まる連とその繰り返し、„Dahin!
Dahin“（「あそこへ！　あそこへ」）の繰り返し、そして、連の最後
に反復される愛する人への呼びかけが詩に美しいリズムを与えると
同時に、ミニョンのイタリアへの強い憧れと愛する人への切ない思
いを伝えている。

くさぐさの歌

Meeres Stille

Tiefe Stille herrscht im Wasser,
Ohne Regung ruht das Meer,
Und bekümmert sieht der Schiffer
Glatte Fläche ringsumher.
Keine Luft von keiner Seite!
Todesstille fürchterlich!
In der ungeheuern Weite
Reget keine Welle sich.

Franz Schubert
D216 op.3 Nr.2, 1815

海の静けさ

深い静寂が水を包む、
海は凪いで動かない、
見渡すかぎり　鏡のような海原を
不安げに　水夫が見やる。
そよとも風は吹きはしない！
恐るべき死の静けさよ！
はるか遠くの果てまでも
波ひとつ立ちはしない。

シューベルト
D216 作品 3 の 2, 1815

An den Mond

Füllest wieder Busch und Tal
Still mit Nebelglanz,
Lösest endlich auch einmal
Meine Seele ganz;

Breitest über mein Gefild
Lindernd deinen Blick,
Wie des Freundes Auge mild
Über mein Geschick.

Jeden Nachklang fühlt mein Herz
Froh- und trüber Zeit,
Wandle zwischen Freud' und Schmerz
In der Einsamkeit.

Fließe, fließe, lieber Fluß!
Nimmer werd' ich froh,
So verrauschte Scherz und Kuß,
Und die Treue so.

Ich besaß es doch einmal,
Was so köstlich ist!
Daß man doch zu seiner Qual
Nimmer es vergißt!

月に寄す

今宵また　あなたは満たす　茂みを谷を
ひそやかに　おぼろな光で、
そうして　ついにはすっかり解き放つ
このわたくしの魂までも。

我が歩む野に　あなたのまなざしが
注がれる　いたわるように、
わたしの運命を　あなたは見守る
穏やかに　友の目のように。

悲しいこと　うれしいこと　ひとつひとつの
思い出が　今も心に鳴り響く、
喜びと苦しみのあわいを　わたしはさまよう
ただひとり　孤独のうちに。

流れよ、流れよ、いとしの川よ！
喜びの日は　二度と来るまい、
たわむれも口づけも　かく過ぎていった、
真実の愛もまた。

だが　かつてはわたしにもあったのだ、
かけがえのないのものが！
忘れようとしても忘れられない
この胸の苦しみ！

Rausche, Fluß, das Tal entlang,
Ohne Rast und Ruh,
Rausche, flüstre meinem Sang
Melodien zu,

Wenn du in der Winternacht
Wütend überschwillst,
Oder um die Frühlingspracht
Junger Knospen quillst.

Selig, wer sich vor der Welt
Ohne Haß verschließt,
Einen Freund am Busen hält
Und mit dem genießt,

Was, von Menschen nicht gewußt
Oder nicht bedacht,
Durch das Labyrinth der Brust
Wandelt in der Nacht.

Franz Schubert
D259, D260, 1815

ゲーテの詩による歌曲集（シューベルトを中心に）
くさぐさの歌

流れよ、川よ、さわさわと　谷を下り、
休みなく　憩いなく、
流れよ、川よ、さわさわと　我が歌に
メロディーを添えて　ささやけ、

凍てつく冬の夜に　ごうごうと
水　たぎらせるときも、
新芽はなやぐ春に　どうどうと
水　わきたつときも。

幸いだ、憎しみの心なく　世間から
身を遠ざけていられる者は、
ひとりの友を胸に抱きしめ
共に分かちあう者は、

人に知られず　また
気づかれもせず、
心の中の迷い路を　夜更けて
めぐる　深き思いを。

シューベルト
D259, D260, 1815

Ganymed

Wie im Morgenglanze
Du rings mich anglühst,
Frühling, Geliebter!
Mit tausendfacher Liebeswonne
Sich an mein Herz drängt
Deiner ewigen Wärme
Heilig Gefühl,
Unendliche Schöne!

Daß ich dich fassen möcht
In diesen Arm!

Ach, an deinem Busen
Lieg ich, schmachte,
Und deine Blumen, dein Gras
Drängen sich an mein Herz.
Du kühlst den brennenden
Durst meines Busens,
Lieblicher Morgenwind!
Ruft drein die Nachtigall
Liebend nach mir aus dem Nebeltal.

Ich komm, ich komme!
Wohin? Ach, wohin?

ガニュメート

朝の光に　ぼくを包んで
あなたは燃え立つ、
春よ、愛する春よ！
幾重にも　いや増す愛のよろこびで
ぼくの胸に迫りくる
絶えることなき　あなたのぬくもり
聖なる感情、
この上ない美しさ！

この腕に
あなたを抱きたい！

ああ、あなたの胸に身を寄せて、
ぼくは　こがれる、
あなたの花も　そして草も
胸にひしめく。
こころよい　朝の風よ！
この胸の灼けつくかわきを
あなたはしずめてくれるのか。
ナイチンゲールの声も聞こえる、
霧立つ谷から愛をこめて　ぼくを呼ぶ。

ゆこう、さあ、ゆこう！
どこへ？　ああ、どこへ？

Hinauf! Hinauf strebts.

Es schweben die Wolken

Abwärts, die Wolken

Neigen sich der sehnenden Liebe.

Mir! Mir!

In eurem Schoße

Aufwärts!

Umfangend umfangen!

Aufwärts an deinen Busen,

Alliebender Vater!

Franz Schubert
D544 op.19, Nr.3, 1817

ゲーテの詩による歌曲集（シューベルトを中心に）
くさぐさの歌

上へ！　上へとのぼってゆく。
漂いながら　雲が
下へと舞いおりて
愛にこがれるぼくを迎える。
このぼくを！
雲のふところに抱かれて
天上へと！
抱いて　抱かれて！
万物を愛する父よ、天上へ、
あなたの胸へ！

シューベルト
D544 作品 19 の 3, 1817

Auf dem See

Und frische Nahrung, neues Blut
Saug' ich aus freier Welt;
Wie ist Natur so hold und gut,
Die mich am Busen hält!
Die Welle wieget unsern Kahn
Im Rudertakt hinauf,
Und Berge, wolkig himmelan,
Begegnen unserm Lauf.

Aug', mein Aug', was sinkst du nieder?
Goldne Träume, kommt ihr wieder?
Weg, du Traum, so gold du bist:
Hier auch Lieb' und Leben ist.

Auf der Welle blinken
Tausend schwebende Sterne,
Weiche Nebel trinken
Rings die türmende Ferne;
Morgenwind umflügelt
Die beschattete Bucht,
Und im See bespiegelt
Sich die reifende Frucht.

Franz Schubert
D543 op.92 Nr.2, 1817

湖上にて

かくて生きた糧、新しき血を
自由な世界から　ぼくは吸いこむ。
何と自然は妙なるものか、
そのふところに　ぼくは抱かれる。
波がぼくらの舟を揺らし
櫂に合わせて　沖へと押し出す、
やがて　雲間にそびえる山々が
ぼくらの行く手に姿を現す。

目よ、ぼくの目よ、なぜ伏せる？
黄金の夢が　去来するというのか。
夢よ、去れ！　いかに金に輝こうと、
ここにも愛と命はあるのだ。

波間には　無数の星が
ゆらめき、かがよう、
そびえ立つ遠くの山を
柔らかな霧が包みこみ、
朝風が　影深き入り江のまわりを
吹きめぐる、
そうして　湖の水面には
熟れゆく果実が　影映す。

シューベルト
D543　作品 92 の 2, 1817

Der Musensohn

Durch Feld und Wald zu schweifen,
Mein Liedchen wegzupfeifen,
So geht's von Ort zu Ort!
Und nach dem Takte reget,
Und nach dem Maß beweget
Sich alles an mir fort.

Ich kann sie kaum erwarten,
Die erste Blum' im Garten,
Die erste Blüt' am Baum.
Sie grüßen meine Lieder,
Und kommt der Winter wieder,
Sing' ich noch jenen Traum.

Ich sing' ihn in der Weite,
Auf Eises Läng' und Breite,
Da blüht der Winter schön!
Auch diese Blüte schwindet,
Und neue Freude findet
Sich auf bebauten Höhn.

Denn wie ich bei der Linde
Das junge Völkchen finde,
Sogleich erreg' ich sie.

ミューズの子

野を越え　山越え　さすらい歩く、
歌の一節(ひとふし)を口笛にのせ、
村から村へと！
すると　拍子をとって　浮かれだす、
リズムにのって　踊りだす
ものみなすべて　ぼくに合わせて。

もう　待ちきれない、
庭に花、樹に花の
咲きそむる日が。
歌は花を　よろこび迎え、
冬が再びめぐり来ても、
春を夢見て　ぼくは歌う。

果てしない大地で歌う夢の歌、
見渡すかぎりの氷の上で、
そこにも　冬という花が咲く！
この花が消えても、
新しいよろこびが
耕した大地の上に　あらわれる。

菩提樹の木陰につどう若人(わこうど)を
見るが早いか、
ぼくがはやしたてるから。

Der stumpfe Bursche bläht sich,
Das steife Mädchen dreht sich
Nach meiner Melodie.

Ihr gebt den Sohlen Flügel
Und treibt, durch Tal und Hügel,
Den Liebling weit von Haus.
Ihr lieben holden Musen,
Wann ruh' ich ihr am Busen
Auch endlich wieder aus?

Franz Schubert
D764 op.92 Nr.1, 1822

にぶい若者も調子に乗って、
おかたい娘もおどりだす、
ぼくの歌う調べに合わせて。

神々は　ぼくの足に翼を与え
谷越え　丘越え　かりたてる、
家から離れた遠くの地まで。
やさしいミューズの神々よ、
いつになったら　彼女の胸に
やすらうことができるだろう。

シューベルト
D764　作品 92 の 1, 1822

Wandrers Nachtlied (Der du von dem Himmel bist)

Der du von dem Himmel bist,

Alles Leid und Schmerzen stillest,

Den, der doppelt elend ist,

Doppelt mit Erquickung füllest,

Ach, ich bin des Treibens müde!

Was soll all der Schmerz und Lust?

Süßer Friede,

Komm, ach komm in meine Brust!

Franz Schubert
D224 op.4 Nr.3, 1815

旅人の夜の歌（汝　天より来たりて）

汝　天より来たりて、
すべての悩み苦しみ　癒したもう、
汝　不幸の淵にある者を
いや増す力で慰めたもう、
ああ、私は生に疲れ果てた！
苦しみや楽しみが何になろう？
甘いやすらぎよ、
今こそ来たれ、わが胸に！

シューベルト
D224　作品4の3, 1815

Wandrers Nachtlied (Über allen Gipfeln)

Über allen Gipfeln
Ist Ruh,
In allen Wipfeln
Spürest du
Kaum einen Hauch;
Die Vögelein schweigen im Walde.
Warte nur, balde
Ruhest du auch.

Franz Schubert
D768　op.96 Nr.3, ca.1823

Robert Schumann
op.96 Nr.1, 1850

旅人の夜の歌（峯峯に）

峯峯に
やすらぎ　あり、
梢にそよ吹く
風もなく、
森の小鳥も
声をひそめる。
待つがいい、やがて
おもえも　やすらぐだろう。

シューベルト
D768　作品 96 の 3, 1823 年頃

シューマン
作品 96 の 1, 1850

作品解説

Meeres Stille
海の静けさ

　見渡す限り、どこまでも広がる海原を絶対的な静寂が支配している。死を思わせる静寂に、水夫は不安を覚えずにはいられない。風も音も波もない中に、何かがあるのを感じるのだ。それは、人間を暖かく抱擁してくれる慈愛に満ちた神のような存在ではない。人知を超えた何かもっと恐ろしい力、人間が生きようが死のうが一切関知しない存在である。水夫の味わう恐怖は、宗教哲学者ルドルフ・オットー（Rudolf Otto, 1869-1937）が述べたヌミノース体験を思わせる。この絶対的な静寂と水夫の恐れを、シューベルトはアルペッジョの伴奏と微妙に変わっていく和声の響きとで、見事に表現した。言葉を極限まで切り詰めたこの詩の表現にふさわしく、音楽も余分な音をそぎ落とすことによって成っている。

An den Mond
月に寄す

　1775 年、26 歳の時、ゲーテはカール・アウグスト公の招きでヴァイマルに赴いた。翌年には、アウグスト公からヴァイマルの広大な公園の中にガルテンハウスと呼ばれる山荘を与えられる。ゲーテはこの閑静な住まいがいたく気に入り、後にもっと大きな邸宅に移るまでの 6 年間、ここで創作に励みながら、ヴァイマル公国顧問官として政治の実務に就いた。

郵 便 は が き

3 9 2 - 8 7 9 0

料金受取人払

諏訪支店承認

1

差出有効期間
令和 3年10月
20日まで有効

〔受取人〕

長野県諏訪市四賀 229-1

鳥影社編集室

愛読者係 行

ご住所　　〒 □□□-□□□□

(フリガナ)
お名前

お電話番号　　（　　　　　）　　　-

ご職業・勤務先・学校名

eメールアドレス

お買い上げになった書店名

書名	

① 本書を何でお知りになりましたか？

ⅰ. 書店で
ⅱ. 広告で（　　　　　　　　　）
ⅲ. 書評で（　　　　　　　　　）

ⅳ. 人にすすめられて
ⅴ. DMで
ⅵ. その他（　　　　　　　　　　　　　　　）

② 本書・著者へご意見・感想などお聞かせ下さい。

③ 最近読んで、よかったと思う本を教えてください。

④ 現在、どんな作家に興味をおもちですか？

⑤ 現在、ご購読されている新聞・雑誌名

⑥ 今後、どのような本をお読みになりたいですか？

◇購入申込書◇

書名	￥	（　　）部
書名	￥	（　　）部
書名	￥	（　　）部

　「月に寄す」は第1稿と第2稿があることで知られ、第1稿は1776年から78年の間に、長く恋の相手であったシュタイン夫人に宛てて書かれた手紙に添えられていた。第2稿の成立はシュタイン夫人と別れた後の1789年頃と思われる。シューベルトのリートは第2稿につけられたものである。

　シュタイン夫人は、感情の起伏の激しい、己を制御するすべを知らなかった若いゲーテを、穏やかにやさしく導いた女性として知られている。二人の間には深い心の通い合いがあり、その親密な関係は前世でシュタイン夫人はゲーテの姉か妻であったに違いないと思わせるほどのものだった。

　ガルテンハウスがあった公園には森や木立が点在し、緑の野原を縫ってイルム川という川が流れていた。掲出詩はシュタイン夫人への愛を背景に、このような美しい田園風景の中で作られたものである。

　1連は4行ずつで、1、3行目は7音節、2、4行目はそれより若干短い5音節から成り、一貫して強弱のリズムが続く。1行目と3行目、2行目と4行目で交互に脚韻が踏まれているが、そのほとんどは男性韻（子音による韻）である。母音の明るい響きとは異なる暗い子音の響きが夜の暗さ、詩人の憂鬱な心のうちを表しているかのように感じられる。

　ゲーテは夜の月に寄せて、詩をうたう。この詩で月は、詩人をいたわる慈母であり、恋人であるかのような存在である。若きゲーテをやさしく導いたシュタイン夫人と重ね合わせることができるだろう。また、深層心理学のユング風に言うならば、男性のだれもが無意識のうちに持っている女性の原型、アニマのような存在と言ってもいいかもしれない。

　月の柔らかい光の中で見る景色は、昼間の強い光の中で見るのと

は違って、穏やかで心を和ませるものがある。月のまなざしは、詩人に来し方を振り返らせ、その行く末までも見守る女神のような目である。

そんな目に見守られ、詩人は過ぎし日々を思い出す。彼の青春時代には、楽しいこと、悲しいこと、いろいろなことがあった。けれども、詩人は、未来においてはもう「喜びの日は　二度と来るまい」と思うのだ。もう二度と若い頃のような、あんな楽しい恋の戯れはできない、そればかりではなく、人を真剣に愛することも、愛されることもないだろうと思うのである。

いくつかの恋愛体験を重ね、青春時代を振り返る頃になると、だれもがそんなふうに思うことがあるものだ。「もう二度とあんな恋はできない」「もう二度とあんなに人を好きになることはあるまい」と。これまでに多くの女性と恋愛関係を持ち、70を過ぎてなお女性に恋心を抱いたゲーテにして、やはりそんな感慨にふけったことがあったとは！

最初に登場していた月はいつの間にか背後に退き、第4連では川が登場する。月が女性的でこの世を超越する存在だとすれば、川は男性的で現実の人生を象徴するもののようである。川が流れていくように、人生のうれしいことも悲しいことも流れていく。過ぎ去ってしまった恋を取り戻すことはできない。第6連、第7連で描かれる川の流れの激しさは、詩人の胸の内を騒がせる苦悩、人生の荒波を表しているようである。

「流れよ、川よ」の繰り返しが実に印象的で、この詩に独特のリズムと情緒を与えている。また、全編を通して交互に踏まれた脚韻の美しい響きは、まさに絶品である。その響きを少しでも日本語に再現したいと願い、原文の意味を損なわない範囲で、擬音語を多く使い対をなす表現を多く採り入れることによって、リズムを整え語

尾を揃える工夫をしてみた。

第6連目の「我が歌に／メロディーを添えて　ささやけ」から第7連目の「水わきたつときも」までの詩句には、悲しいにつけうれしいにつけ詩を書かずにはいられない、書くことがすなわち生きることである詩人としてのゲーテの姿が示唆されている。

ヴァイマル公国顧問官という立場にあったゲーテには、職務の煩雑さ、公人としての責任の重さがのしかかり、社会的な束縛に嫌気がさすことも多々あったに違いない。「何という幸い、憎しみの心なく　世間から／身を遠ざけていられる者は」という詩句には、職務からも複雑な人間関係からも解放されて自由になりたいというゲーテの願いがこめられているように感じる。

月のやさしい光は、うつろいゆく詩人の人生を見守り、浮き沈みの激しい詩人の感情をなだめてくれた。その月の光に照らされながら、彼は心の秘密を打ち明け人生の謎を共に語り合うことのできる友を心に抱いて、夜の野辺を逍遥する。青春時代に別れを告げ、社会人としての責任を担い、人生の酸いも甘いも噛み分けるようになったゲーテの沈みがちな心の内に、いつしか不思議なやすらぎがさしこみ始める。

シューベルトはこの詩に2回曲をつけた。D259は、なつかしさとのどかさを感じさせる曲調が快く耳に響く素朴な有節歌曲である。しかし、憂鬱な気分、いくばくかの興奮、そして穏やかな心情が入り混じるこの詩の内容を考えると、有節歌曲では表現し得ない部分がどうしても残る。シューベルトもそれを感じたのだろう。二回目に作曲したD296は詩の内容に合わせ、より複雑な構成を持った歌曲としてつくられている。

Ganymed
ガニュメート

　詩の成立は 1774 年で、疾風怒濤（Sturm und Drang）の時期特有の感情の横溢が特徴的である。

　ガニュメートとはギリシャ神話に出てくる美少年である。ゼウスに誘拐されて天上へ行き、神々の酒席で酒を注ぐ者となる。このギリシャ神話をゲーテは、ガニュメートという名の「ぼく」が自然と神への愛にこがれ、神に迎え入れられる物語につくり変えた。

　ガニュメートは春を人と見なして春に呼びかけ、熱い思いを吐露する。そうして、春の美しさに恍惚となり、身も心も愛にこがれて神の声を聞き、上へゆくことを切望する。雲が地上と天上とを仲立ちするものとして登場し、ついには天上の父のもとへとのぼってゆく。

　この詩は、「ぼく」とすべてものが一体となるめくるめくような世界を表現している。ぼくと春、ぼくと花そして草、ぼくと雲、そして最後にぼくと父、すなわちぼくと神。ガニュメートはそれらすべてを愛し、また、それらすべてに愛される。„Umfangend, umfangen!"（「抱いて　抱かれて」）という一言にその関係が集約されている。春を愛すること、そして自然を愛することは、すなわち神を愛することであり、春の賛歌はすなわち神の賛歌でもあるのである。ここにはゲーテの汎神論的世界観が反映されている。

　シューベルトは詩の一行一行を歌とピアノの伴奏で繊細、かつ雄大に表現した。さわやかな朝を思わせるメロディーの清らかさ、ナイチンゲールのさえずりを表すピアノのトリルの美しさ、上へのぼってゆくにつれ高まっていく感情に呼応して盛り上がるドラマチックな旋律とリズム—それらすべてに魅了される。

Auf dem See
湖上にて

　1774 年、ゲーテはフランクフルトで裕福な銀行家の娘リリー・シェーネマン（Lili Schönemann, 1758-1817）と知り合い、1775 年 4 月に婚約する。しかし、小市民的な社会に安住することのできなかったゲーテの心は、自由を求めて悶々としていた。同年 5 月、ゲーテは恋愛の苦しみから逃れるように、友人とスイス旅行に出発する。この詩は、1775 年 6 月 15 日、チューリヒ湖を舟で渡ったときにつくられたものである。日記帳に書き留められ、後に若干の変更が加えられた。

　第 1 連目を読むと、いきなり „Und frische Nahrung, neues Blut"（「かくて生きた糧、新しき血を」）で始まる 1 行目の詩句が、力強く清新な響きとともに、目に、耳に飛び込んでくる。そうして、湖を舟で行くときの心の高鳴り、舟を揺らす波の躍動、天を突く山々を目にした瞬間の興奮を、櫂をこぐようなヤンブス（弱強）のリズムとともに感じる。

　第 2 連は一転して沈鬱な気分に変わり、リズムもトロヘーウス（強弱）の重々しい感じになる。忘れようとしてもまなこに浮かぶのは恋人（リリー）のこと、過ぎ去った黄金の日々である。詩人は必死にかつての夢のような日々を振り払おうとする。

　第 3 連目は再び自然描写に戻る。第 1 連は新しい世界、未知なるものに向かってこぎ出していくという印象が強かったのに対し、また、第 2 連で憂鬱な気分に陥っていたのに対し、第 3 連では心は落ち着きを取り戻し、風景も穏やかさを増したようだ。最後の「熟れゆく果実」という言葉は、詩人の心を象徴的に表現しているように感じる。湖に映った果実に、詩人は成長しつつある自らの心を見

ていたのかもしれない。

　フランクフルトに帰ったゲーテはその年の秋、リリーとの婚約を解消した。ゲーテをして「リリーは私が深く真剣に愛した最初の女性だった。もしかしたら、最初で最後の人だったかもしれない。」と言わしめたほどの女性だった。

　シューベルトはこの詩の内容に合わせるように、それぞれの連に異なる雰囲気の曲を添えた。1連目ではピアノの伴奏が寄せては返す波を表し、伸びやかな旋律が自由で広やかな世界を、次第に高揚していく旋律が、山が見えるにつれて高鳴る詩人の心を表しているようである。2連目のメロディーの甘美で切ないことには、全くいつ聞いても泣かされる！　3連目につけた曲からは、自然の美しさとそれに心を動かされる詩人の姿が彷彿としてくる。唯一惜しむらくは、詩の中で最も重要な最後の言葉 „die reifende Frucht"（「熟れゆく果実」）が曲においては強調されず、繰り返しによって歌の中では3連目の4行目が実質的に最後になってしまうことだろうか。

Der Musensohn
ミューズの子

　1799年頃（ゲーテ50歳）の作品と言われている。ミューズに天賦の才能を与えられ、村から村へとさすらい歩く音楽家の愉快な生活を描いて見事である。そしてまた、この詩につけられたシューベルトのリートがすばらしく、はずむような生き生きとしたリズムと浮き浮きとした喜びにあふれた旋律に思わず心が躍る。アンコールで歌われることも多い人気のある曲だが、なかば早口言葉のような歯切れのいい発音が求められるので、歌うのになかなか難しい曲ではないかと想像する。

ゲーテの詩による歌曲集（シューベルトを中心に）
くさぐさの歌

Wandrers Nachtlied（Der du von dem Himmel bist）
旅人の夜の歌（汝　天より来たりて）

　一つ目の「旅人の夜の歌」は 1776 年、ゲーテが 26 歳の時につくられたものである。チューリンゲン地方からライン川に沿ってダルムシュタットへ旅をした時の作品で、手書きの原稿には「エッタースベルク山脈にて、76 年 2 月 12 日」という日付が記されていた。いわゆる「疾風怒濤」（Sturm und Drang）の渦中にあった詩人は、自分でも抑えることのできない激しい衝動と感情を内に抱えて疲れ果て、やすらぎを切望していた。掲出詩はまるで天に向かっての祈りのことばのようで、それにつけたシューベルトのリートも聖歌のようなおごそかさに満ちている。

　4 行目はシューベルトのリートでは „mit Entzückung füllst" となっている。

Wandrers Nachtlied（Über allen Gipfeln）
旅人の夜の歌（峯峯に）

　山の上から見る景色はやすらぎに満ちている。木々の梢を揺らす微風さえ吹かず、あたりは静寂そのものである。日が暮れる頃、鳥はねぐらへ帰ってゆく。ほんの少し前までは互いに鳴き交わす声が聞こえていたのに、もうねぐらに落ち着いたのだろうか。小鳥たちの鳴き声も聞こえなくなる。日が沈んで間もなくの頃、まだ空に少し明るさの残る、夕べから夜に移り変わる頃によんだ歌と想像される。

　このやすらかな自然の情景を前にして、ゲーテはどんな気持ちでいたのだろうか。あわれを感じ、しみじみとした感傷に浸っていた

のだろうか。決してそうでないことは、最後の２行を読めばわか
る。「待つがいい　やがて／おまえも　やすらぐだろう」つまり、
平和な自然の情景とは裏腹に詩人の心は穏やかではないのである。
憂いと不安に満ちた心を抱え、ゲーテはこの景色を見ているのだ。

　その苦しみの中にあって、詩人は自らの心に「待て」と命令を発
している。そこには自己を外から見つめようとする内省的な目があ
る。また、二人称の自分と対話する動的でダイナミックな心の動き
がある。それは、古くからキリスト教の文化圏にあって、常に神と
の対話を心の内で育んで来た人々の心的態度なのかもしれない。人
格神である、唯一絶対の神に向かって絶えず祈りを捧げ、神の声に
耳を傾けようと努めてきた人々が知らず知らずのうちに身につけた
心の習慣なのだろうと思う。

　「今は穏やかならぬ自分の心にもいつか必ず平安は訪れる。だか
ら、それを信じて待て。」と、詩人は自らに言い聞かせる。下界が
いかに喧噪に満ちていようとも、この地上での人生がいかに悩みに
満ちていようとも、峯々（Gipfel）、すなわち、天上へと通ずる世界
にはやすらぎがあることを確信し、ひいては、あの世への憧れを胸
に抱いているように感じられる。涙の中にも慰めが、悲しみの中に
もひそやかな希望の兆しがあることを感じないだろうか。

　ゲーテがヴァイマル近郊のキッケルハーン山上の狩人小屋の板壁
にこの詩を書きつけたのは、1780 年 9 月 6 日、31 歳の時だった。
51 年後の 1831 年 8 月 27 日、82 歳のゲーテは再びキッケルハー
ンを訪れ、自分がかつて書いた詩を目にする。その時の様子をゲー
テに同行したマールは次のように記している。

　「ゲーテがこの短い詩を再び読むと、涙が頬を伝わって流れ落ち
た。詩人はおもむろに濃茶の上衣から真っ白なハンカチを取り出す
と、涙をぬぐってしみじみとこうつぶやいた。〈そうだ。待つがい

い、やがてお前もやすらぐだろう、だ。〉」

　老年期に入り自らの死を意識するようになったゲーテが、若い頃に書いた自分の詩を再発見し涙ぐむ、というこのエピソードはあまりにも有名で、ドイツの中学生たちは皆、学校の教師から必ずと言っていいほど授業でこの話を聞くと言われている。

　この詩にはシューベルトやシューマン、リストなどが曲をつけている。すでに完璧なまでの美しさに満ちた詩にこれ以上何をつけ加えることがあるだろうと思いながら、ペーター・シュライヤーの歌うシューベルトによるリートをＣＤで恐る恐る聞いてみた。そこには、紛れもない『旅人の夜の歌』の世界があった。詩の内容と情感を忠実に伝える、やすらぎとかすかな不安と慰めに満ちたまことにまことに美しい曲だった。

ハイネの詩によるシューベルト歌曲集

C.D. フリードリヒ作「海に昇る月」（1821 年）

「白鳥の歌」D957（1828 年）

（»Schwanengesang« D957, 1828）

8. Der Atlas

Ich unglückselger Atlas! eine Welt,
Die ganze Welt der Schmerzen, muß ich tragen,
Ich trage Unerträgliches, und brechen
Will mir das Herz im Leibe.

Du stolzes Herz! du hast es ja gewollt!
Du wolltest glücklich sein, unendlich glücklich
Oder unendlich elend, stolzes Herz,
Und jetzo bist du elend.

8. アトラス

おれは　不幸なアトラスだ！
苦悩に満ちた全世界を背負うのが　おれのつとめ。
耐えがたきを　この身に担い、
今にも　心臓が裂けんばかりだ。

おごった心よ、おまえが望んだことではないか！
幸福になりたい、この上もなく幸福に、
さもなくば　この上もなくみじめでいようと、おごるおまえは
　　願ったのだ、
さればこそ、　今　おまえは　みじめなのだ。

9. Ihr Bild

Ich stand in dunkeln Träumen
Und starrte ihr Bildnis an,
Und das geliebte Antlitz
Heimlich zu leben begann.

Um ihre Lippen zog sich
Ein Lächeln wunderbar,
Und wie von Wehmutstränen
Erglänzte ihr Augenpaar.

Auch meine Tränen flossen
Mir von den Wangen herab —
Und ach, ich kann es nicht glauben,
Daß ich dich verloren hab!

9. 彼女の絵姿

暗い夢の中だった、
彼女の絵姿に見入っていると、
いつしか　いとしい彼女の顔が
ひそかに　生気を帯び始めた。

口もとに　えも言われぬ
ほほえみが　漂って、
悲しみの涙にぬれたかのように
両の瞳が　輝いた。

ぼくも　涙がこみ上げて
頬をつたって　流れ落ちた。
ああ、信じられない、
ぼくが君を　失ったとは！

10. Das Fischermädchen

Du schönes Fischermädchen,
Treibe den Kahn ans Land;
Komm zu mir und setze dich nieder,
Wir kosen Hand in Hand.

Leg an mein Herz dein Köpfchen,
Und fürchte dich nicht zu sehr,
Vertraust du dich doch sorglos
Täglich dem wilden Meer.

Mein Herz gleicht ganz dem Meere,
Hat Sturm und Ebb und Flut,
Und manche schöne Perle
In seiner Tiefe ruht.

10.　漁師の娘

きれいな漁師の娘さん、
小舟を岸に　おつけなさい、
こちらへおいで、腰をおろして、
手に手をとって　むつみ合おう。

ぼくの胸に　君の頭を寄せてごらん、
そんなに　こわがらなくてもいいんだよ、
毎日　君は荒海に
身を任せていて　平気じゃないか。

ぼくの心も　海と同じさ、
暴風雨もあれば　潮の満ち引きもある、
そうして　たくさんのきれいな真珠が
底深くには　ねむっている。

11. Die Stadt

Am fernen Horizonte
Erscheint, wie ein Nebelbild,
Die Stadt mit ihren Türmen
In Abenddämmrung gehüllt.

Ein feuchter Windzug kräuselt
Die graue Wasserbahn;
Mit traurigem Takte rudert
Der Schiffer in meinem Kahn.

Die Sonne hebt sich noch einmal
Leuchtend vom Boden empor,
Und zeigt mir jene Stelle,
Wo ich das Liebste verlor.

11. 町

地平線のかなたに
蜃気楼さながら　あらわれる、
塔の並び立つ町
たそがれの　小暗き闇に包まれて。

ふいに立った潮風が
灰色の水の行く手を波立たせる、
小舟に　ぼくを乗せて　船頭が
音もあわれに　櫂をこぐ。

今一度　あらわれ出でた太陽は
地平から　光を放ち、
あの場所を　照らして見せる、
ぼくが恋を失った　あの場所を。

12.   Am Meer

Das Meer erglänzte weit hinaus,
Im letzten Abendscheine;
Wir saßen am einsamen Fischerhaus,
Wir saßen stumm und alleine.

Der Nebel stieg, das Wasser schwoll,
Die Möwe flog hin und wieder;
Aus deinen Augen, liebevoll,
Fielen die Tränen nieder.

Ich sah sie fallen auf deine Hand,
Und bin aufs Knie gesunken;
Ich hab von deiner weißen Hand
Die Tränen fortgetrunken.

Seit jener Stunde verzehrt sich mein Leib,
Die Seele stirbt vor Sehnen; —
Mich hat das unglückselge Weib
Vergiftet mit ihren Tränen.

12.　海辺にて

海原は　あまねく一面　輝いていた、
名残の夕日に　照り映えて。
さびしい漁師小屋のかたわらに　ぼくらは
二人きりですわっていた、おし黙って。

霧が立ち、潮が満ちた、
鷗が　せわしく　飛んでいた。
その時　君のやさしい目から
はらはらと　涙がこぼれた。

君の手に　落ちる涙を見てぼくは、
その場に　思わずひざまずき、
真白い君の手をとって
涙をぬぐい、すすって飲んだ。

あれ以来　この身は　すっかりやつれ果て、
心は焦がれて死んでゆく。
あの不幸な女の涙には
毒が注いであったのだ。

13.   Der Doppelgänger

Still ist die Nacht, es ruhen die Gassen,
In diesem Hause wohnte mein Schatz;
Sie hat schon längst die Stadt verlassen,
Doch steht noch das Haus auf demselben Platz.

Da steht auch ein Mensch und starrt in die Höhe,
Und ringt die Hände, vor Schmerzensgewalt;
Mir graust es, wenn ich sein Antlitz sehe, —
Der Mond zeigt mir meine eigne Gestalt.

Du Doppelgänger! du bleicher Geselle!
Was äffst du nach mein Liebesleid,
Das mich gequält auf dieser Stelle
So manche Nacht, in alter Zeit?

13. 分身

静かな夜だ、路地もひっそり眠っている、
この家に　ぼくの大事な人が住んでいた。
彼女が町を去って久しいが、
家は変わらず　元のところに立っている。

そこにひとり　人が立つ、宙を見つめ、
激しい苦痛に　両手をよじる。
その顔を見て　背筋が凍った、
月が照らして見せたのは　このぼく自身の顔なのだ。

ぼくの分身！　顔蒼白きわが友よ！
何ゆえ　おまえは　まねるのか、
昔　夜な夜な　この場所で、
恋の悩みに苦しんだ　ぼくの苦悶をまねるのか。

作品解説

8. Der Atlas
アトラス

　シューベルトの最晩年に完成した歌曲集「白鳥の歌」は、全部で
14 曲から成り、第 1 曲目から 7 曲目までがレルシュターブ（Ludwig
Rellstab, 1799-1860）、8 曲目から 13 曲目までがハイネ（Heinrich
Heine, 1797-1856）、最後の 14 曲目がザイドル（Johann Gabriel Seidl,
1804-1875）の詩によるものである。本書では、ハイネの詩につけ
た 6 曲のリートを取り上げる。

　シューベルトはハイネの詩につけた歌曲で新しい境地を切り開い
た。詩は、いずれも『歌の本』（Buch der Lieder, 1827）の中の「帰
郷」（Heimkehr, 1823-1824）から採られている。現実の酷さを皮肉
を交え、しかし、容赦なく暴いてみせたハイネの簡潔な詩にシュー
ベルトも触発されたに違いない。何よりも、詩の言葉をそのまま伝
えることに重点が置かれ、余計な装飾の一切を削ぎ落とし極限まで
切り詰めた表現の中に、詩の核心に迫ろうとする厳しさと現代に通
じる革新性がある。

　第 1 曲目の「アトラス」は、ゼウスに命じられ世界の西の果てで
地球を背負い続けねばならなくなったギリシャ神話の巨人アトラス
を自らになぞらえて歌ったものである。詩の中の「おれ」は、自分
で自分のことを不幸だ、みじめだ、と言いながら、そのことをむし
ろ誇り、自分のみじめさを肯定しようとしている。悲劇の主人公を
もって自任しつつ、しかし、心の底では己に与えられた運命を呪っ
ているかのようでもある。そして、そのような「おれ」を見つめる

詩人の醒めた目を感じる。

　自らを巨人になぞらえ、一人で世界の苦しみの一切を背負いこむ
など、尋常ではない自負心であり、見ようによっては滑稽でさえあ
る。しかし、ハイネにとって、これは決して誇張ではなかったので
はないか。偉大な人物は常に殉教者であったこと、彼らは自分自身
の「偉大さゆえに」苦悩するのだ、とハイネは述べている。

　また、ハイネは自分の属していたユダヤ人社会から抜けてドイツ
人に同化しようと試みた最初の世代のユダヤ人だったと言われる。
しかし、それがかなわず、社会から疎外された存在として生きるこ
とを余儀なくされたハイネは、自らの受けた心の傷、悲しみと絶望
を皮肉や冷笑で表すしかなかった。それが自分を守る盾となり武器
となって、ハイネは自らの苦しみを相対化しようとしたのである。

　シューベルトがこの詩につけたリートの伴奏が素晴らしい。ピア
ノで力強く打ち鳴らされる左手の付点音符がアトラスの誇りと決意
を伝えると同時に、その調子の良いリズムが「おれ」の滑稽さまで
も表しているように感じられる。そして、一貫して鳴り響く右手の
トレモロが詩の悲劇性と「おれ」の苦悩を表している。

　二連に至って曲は転調し、みじめなおれを肯定した末に得られる
ささやかな満足感が妙な明るさと軽さを伴った曲調で伝えられる。
しかし、曲は再び元に戻って世界の重さと苦しみを担おうとする者
の決然とした力強さと悲劇を伝えて終わる。

9. Ihr Bild
彼女の絵姿

　ハイネの『歌の本』には、夢の中で恋人を見た、というモチーフ
の歌が多くある。夢の中での不吉な結末に涙したり、おののいたり

する、という内容のものが多く、これもそのひとつである。夢の中で見た肖像画の彼女の目は、悲しみの涙でぬれている。何か良くないことが起きたことを読者は察知するが、その涙が別れを告げる涙であったことが最終行で明らかになる。

10. Das Fischermädchen
漁師の娘

　失恋を歌った暗い内容の詩が多い中で、このように明るく軽い内容の一篇を読むと、ほっとする。男性が女性を誘う言葉の何と甘く、巧みなことか。荒海に身を任せるように、ぼくに身を預けてごらん（「毎日　君は荒海に／身を任せていて　平気じゃないか。」）、ぼくは荒っぽくて気分にはむらがあるが（「暴風雨もあれば　潮の満ち引きもある」）、きれいな心の持ち主なのだ（「きれいな真珠が／底深くにはねむっている」）と、海に関する言葉を使った比喩が見事である。

　シューベルトのリートは、8分の6拍子の、小舟に乗っているかのような、寄せては返す波のようなリズムで歌われる。旋律は甘くやさしく、音符の最後が跳ね上がる音の形が、男性から女性への呼びかけを表しているように聞こえる。揺れるリズムと魅惑的なメロディーは聞いていて耳に心地よく、プレイボーイの甘い言葉に、しばしのせられていたくなる。

11. Die Stadt
町

　この詩の背景には、従妹アマーリエとの失恋があると言われている。ハイネはハンブルクに住んでいたアマーリエと恋に落ち、恋を

失った。「塔の並び立つ町」とはハンブルクのことを指すと思われるが、実在する町であるかどうかは、詩の解釈においてさほど重要なことではないだろう。

恋を失った詩人の目には、町も幻影のようにしか映らない。あたりは闇に包まれ、水も灰色で、船頭の櫂をこぐ音ももの悲しげである。雲間から現れ出た太陽が町を照らすと、その瞬間、彼女との恋の思い出が再び詩人の心によみがえる。

海と町の風景に心象風景が重ねて歌われる。あるいは、心象風景を語るために、海と町の風景が用いられたと言うべきか。

シューベルトがこの詩につけたリートの憂いに満ちた曲調は他に類を見ない。曲の中で何度も反復される不気味で繊細な響きのアルペッジョ（分散和音）は、海の波を表現すると同時に心の痛みをも表しているように感じられる。一度聞いたら、決して忘れることのできない音形である。

12. Am Meer
海辺にて

ハイネの『歌の本』の中の「帰郷」には、海が舞台となった詩が多く含まれる。1823 年、ベルリンでの大学生活を打ち切ったハイネは両親の住む北ドイツのリューネブルクに帰郷した。リューネブルク滞在中、かつての恋人アマーリエの妹テレーゼをハンブルクに訪ねる一方で、ハイネはしばしば北海を訪れてその地で静養した。「漁師の娘」やこの「海辺にて」は、北海に面したクックスハーフェン滞在中に書かれている。ハイネはドイツ詩にとっての北海を発見した。海はハイネの心だった。

この詩に描かれた海の情景も前の詩と同じく、実際の風景でもあ

り、詩人の心象風景を表しているかのようでもある。静けさと海の広がり、そして夕暮れのさびしさが男女二人を包む。その中で風景に動きがあったかと思うと、女性の目から涙がこぼれ、「ぼく」は思わず彼女の涙をぬぐって飲んでしまう。女性は、ローレライのように男性を誘惑し、男性は女性のとりこになって、自分を見失う。最後の「涙には毒が注いであった」という表現からは、自分を裏切った恋人への強い恨みが感じられる。

13. Der Doppelgänger
分身

恋人を失った「ぼく」の激しい苦痛が描かれる。苦しみのあまり、「ぼく」の体は分身となって分かれ、気がつくと、かつて恋人が住んでいた家の前に立っている。

何か非常につらいことがあった時、その悲しみや苦しみを心と体の両方で受け止めて、その中に十分浸りきることができたとしたら、心と体が分離することはないだろう。苦しみ悶えるおのれの様を外から眺めるもう一人の自分がいるということは、すなわち、自己の統一性が失われ、自己が二つに分離してしまっているということである。

激しい苦痛に身をよじらせて苦しむおのれの姿を外から見ることほど、この世に恐ろしいことがあろうか。悪夢のような、まるで怪奇小説のような世界である。

シューベルトのリートはこの詩の苦悩の深さと恐ろしさを表して鬼気迫るものがある。伴奏は一切のむだな音を排除し、酷い運命を告げるかのような和音が何度も打ち鳴らされて聞く者の心に打撃を与える。この和音にのせて、詩が語るように歌われる。最初はごく

低く、小さく、衝撃の事実を告げるまでに、徐々にクレッシェンドしてゆき、クライマックスでフォルティッシモに達する。詩にしてわずか 12 行、歌にして 4 分の曲の中に、ひとつの壮大なドラマがある。

他の詩人によるシューベルト歌曲集

モーリッツ・フォン・シュヴィント作
「シューベルティアーデ」（1868 年）

シューベルトを囲む音楽の夕べを描いた作品。シューベルトの友
人シュパウンやショーバー、リート歌手フォーグル、作家グリル
パルツァーなどが、ピアノをひくシューベルトを囲んでいる。

Seligkeit

Ludwig Christoph Heinrich Hölty

Freuden sonder Zahl
Blühn im Himmelssaal!
Engeln und Verklärten,
Wie die Väter lehrten.
O, da möcht ich sein
Und mich ewig freun!

Jedem lächelt traut
Eine Himmelsbraut;
Harf und Psalter klinget,
Und man tanzt und singet.
O, da möcht ich sein
Und mich ewig freun!

Lieber bleib ich hier,
Lächelt Laura mir
Einen Blick, der saget,
Daß ich ausgeklaget.
Selig dann mit ihr,
Bleib ich ewig hier!

Franz Schubert
D433, 1816

幸福

ルートヴィヒ・クリストフ・ハインリヒ・ヘルティ

あふれんばかりの喜びが
天の広間に　咲き満ちる！
天使も聖者も　そこにつどうと
昔の人が　教えてくれた。
ああ、行ってみたい、天国に
喜びに　ひたりたいのだ、永遠に！

ひとりひとりに　親しみこめて
ほほえみかける　天の花嫁。
竪琴の音（ね）が　鳴り響き、
歌って　踊って　さんざめく。
ああ、行ってみたい、天国に
喜びに　ひたりたいのだ、永遠に！

でも　やはり　ぼくは　この世に　とどまろう、
ラウラが　ぼくに　ほほえみかけて
嘆くのは　もうおしまいと
そのまなざしで　語るなら。
それなら　彼女と　ここにいて
幸せを共にしよう、永遠に！

シューベルト
D433, 1816

Frühlingsglaube

Ludwig Uhland

Die linden Lüfte sind erwacht,
Sie säuseln und weben Tag und Nacht,
Sie schaffen an allen Enden.
O frischer Duft, o neuer Klang!
Nun, armes Herze, sei nicht bang!
Nun muß sich alles, alles wenden.

Die Welt wird schöner mit jedem Tag,
Man weiß nicht, was noch werden mag,
Das Blühen will nicht enden.
Es blüht das fernste, tiefste Tal:
Nun, armes Herz, vergiß der Qual!
Nun muß sich alles, alles wenden.

Franz Schubert
D686 op.20 Nr.2, 1820

春の信仰

ルートヴィヒ・ウーラント

やさしい風が　目を覚まし、
そよぎ　ただよう　昼も夜も、
すみずみにまで　春を織りなし。
何とすがしき　この薫り、新しいこのひびき！
あわれな心よ、もう　憂えるな！
今に　すべてが　すべてが　変わってこよう。

日ごと増しゆく　美しさ、
きわまるところを　だれも知らない、
花が咲く　尽きることなく。
花が咲く　どんな遠くの　深い谷にも、
あわれな心よ　もう　苦しむな！
今に　すべてが　すべてが　変わってこよう。

シューベルト
D686 作品 20 の 2, 1820

Du bist die Ruh

Friedrich Rückert

Du bist die Ruh
Der Friede mild,
Die Sehnsucht du,
Und was sie stillt.

Ich weihe dir
Voll Lust und Schmerz
Zur Wohnung hier
Mein Aug und Herz.

Kehr ein bei mir,
Und schließe du
Still hinter dir
Die Pforten zu.

Treib andern Schmerz
Aus dieser Brust!
Voll sei dies Herz
Von deiner Lust.

Dies Augenzelt,
Von deinem Glanz
Allein erhellt,
O füll es ganz!

Franz Schubert
D776 op.59 Nr.3, 1823

君はやすらぎ

フリードリヒ・リュッケルト

君はやすらぎ
そして　平安、
君は　あこがれ、
そして　あこがれを満たす人。

ぼくは　君に捧げよう
よろこびと痛みとともに
ぼくの瞳と心とを
ここが君の宿る場所。

ぼくのところに　来てほしい、
そっと静かに
扉を閉めて
二人きりになりたいのだ。

よけいな苦しみを
この胸から　追い払い
よろこびで
ぼくの心を満たしてほしい。

ぼくの瞳を
君の光で
くまなく　明るく
照らしてほしい！

シューベルト
D776 作品 59 の 3, 1823

Im Frühling

Ernst Schulze

Still sitz ich an des Hügels Hang,
Der Himmel ist so klar,
Das Lüftchen spielt im grünen Tal,
Wo ich beim ersten Frühlingsstrahl
Einst, ach so glücklich war.

Wo ich an ihrer Seite ging
So traulich und so nah,
Und tief im dunklen Felsenquell
Den schönen Himmel blau und hell
Und sie im Himmel sah.

Sieh, wie der bunte Frühling schon
Aus Knosp und Blüte blickt!
Nicht alle Blüten sind mir gleich,
Am liebsten pflückt ich von dem Zweig,
Von welchem sie gepflückt!

Denn alles ist wie damals noch,
Die Blumen, das Gefild;
Die Sonne scheint nicht minder hell,
Nicht minder freundlich schwimmt im Quell
Das blaue Himmelsbild.

春に

エルンスト・シュルツェ

ひっそりと　丘の斜面に　ぼくはすわる、
何て澄んだ空だろう、
緑の谷に　風がそよ吹く、
あの谷で　初春^{はつはる}の光を浴びて
どんなに　ぼくは幸せだったか。

ぼくは　彼女に寄り添い　歩いていた、
親しげに　身を寄せて、
岩からしみ出る暗い泉の中深く
澄んだ空が　青く明るく映っていた、
その空の中に　彼女が見えた。

ほら、色とりどりの春が　もう
蕾と花から　のぞいている！
花なら　どれでもいいわけじゃない、
昔　彼女が花を摘んだ、その枝から
ぼくは　摘みたい！

すべては　昔のままだから、
花も　野も、
日の輝きも　変わりはしない、
泉の中に映って揺れる
空の青さも　変わりはしない。

Es wandeln nur sich Will und Wahn,
Es wechseln Lust und Streit,
Vorüber flieht der Liebe Glück,
Und nur die Liebe bleibt zurück,
Die Lieb und ach, das Leid.

O wär ich doch ein Vöglein nur
Dort an dem Wiesenhang,
Dann blieb ich auf den Zweigen hier,
Und säng ein süßes Lied von ihr,
Den ganzen Sommer lang.

Franz Schubert
D882 op.101 Nr.1, 1826

変わったのは　思いと幻想、
戯れに諍_{いさか}いが入れ代わり、
愛の幸福が逃げていった、
あとに残ったのは愛ばかり、
愛と、それから　ああ、苦悩だけ。

ああ、ぼくが　あの丘の牧場の
鳥だったなら、
ここの枝に　ぼくは止まって、
彼女の歌を　甘い声で歌うだろう、
夏じゅうずっと　歌うだろう。

シューベルト
D882 作品 101 の 1, 1826

Die Taubenpost

Johann Gabriel Seidl

Ich hab eine Brieftaub in meinem Sold,
Die ist gar ergeben und treu,
Sie nimmt mir nie das Ziel zu kurz,
Und fliegt auch nie vorbei.

Ich sende sie viel tausendmal
Auf Kundschaft täglich hinaus,
Vorbei an manchem lieben Ort,
Bis zu der Liebsten Haus.

Dort schaut sie zum Fenster heimlich hinein,
Belauscht ihren Blick und Schritt,
Gibt meine Grüße scherzend ab
Und nimmt die ihren mit.

Kein Briefchen brauch ich zu schreiben mehr,
Die Träne selbst geb ich ihr:
O sie verträgt sie sicher nicht,
Gar eifrig dient sie mir.

Bei Tag, bei Nacht, im Wachen, im Traum,
Ihr gilt das alles gleich,
Wenn sie nur wandern, wandern kann,

鳩の便り

ヨーハン・ガブリエル・ザイドル

ぼくは伝書鳩を飼っている、
忠実で　ぼくの意のままに動く鳩、
めざす場所に　たどり着かないことも　決してなく、
通り過ぎてしまうことも　決してない。

何千回と飽きもせず　毎日　ぼくは
鳩を放つ、知らせを求め、
いくつもの　心そそる場所のその向こう、
恋人の家まで　鳩を送る。

鳩は　窓からそっと中をのぞき、
恋人の様子をじっとうかがう、
おどけた調子でぼくの伝言を伝えると
彼女の返事を持ち帰る。

手紙を書く必要は　今はない、
涙さえ　鳩に託せば
きっと届けてくれるから、
実によく　ぼくに尽くしてくれるのだ。

昼も夜も、目覚めていようが夢見ていようが、
鳩には全く　関係がない、
飛び回ってさえいられれば、

Dann ist sie überreich.

Sie wird nicht müd, sie wird nicht matt,
Der Weg ist stets ihr neu;
Sie braucht nicht Lockung, braucht nicht Lohn,
Die Taub ist so mir treu.

Drum heg ich sie auch so treu an der Brust,
Versichert des schönsten Gewinns;
Sie heißt– die Sehnsucht!
Kennt ihr sie? Die Botin treuen Sinns.

Franz Schubert
D957, 1828

鳩はじゅうぶん　満足なのだ。

疲れも知らず、はつらつと、
行く道は　いつも新しい道、
誘い出したり、ほうびをやったりしなくとも、
鳩は素直に　ぼくに従う。

だから　ぼくも　鳩を抱きしめ　大切にする、
幸運を固く信じて。
その鳩の名は—　あこがれ！
知っているかい、忠実なしもべ、ぼくの使いを。

シューベルト
D957, 1828

作品解説

Seligkeit
幸福

　ヘルティ（Ludwig Christoph Heinrich Hölty, 1748-1776）は、当時の啓蒙主義思想や疾風怒濤の風潮とは一線を画し、敬虔な宗教的心情と自然や郷土への愛を歌ったゲッティンゲン詩人同盟（Der Göttinger Hainbund）の主要メンバーだった。結核で若くして亡くなったが、抒情詩を書くことにかけて、天賦の才能を持っていた。

　シューベルトはヘルティの詩にいくつか曲をつけているが、最も有名なのがこのリートである。オーストリアの民族舞曲レントラーの三拍子のリズムに乗って歌われ、詩の内容から言っても、曲の晴れやかな朗らかさから言っても、まさに幸福を絵に描いたようである。アンコールで歌われることも多い。

Frühlingsglaube
春の信仰

　ウーラント（Ludwig Uhland, 1787-1862）は、シュヴァーベン（ドイツ南西部）生まれのロマン派の詩人である。テュービンゲン大学でドイツ文学を教えながら、中世の詩や伝説を研究し、多くの民謡を蒐集した。彼の抒情詩は親しみやすい民謡調の響きがあり、なつかしいふるさとの味がする。平明なことばと美しい響きの中に、どこかしみじみとしたところが感じられるのが、ドイツ人の心にかなっているのだろう。「ドイツ人は皆ウーラント的な気分を持って

いる」とさえ言われる。

　掲出詩も原文で読むと、平明かつ純朴ではあるが、ことばの美しさと脚韻の響きの美しさは、やはり芸術家である詩人ならではのものと感じる。

　身を切るような凍てつく風は止み、春が目を覚ますと、やさしい風がそよぎ始める。風はすみずみにまで春を届ける。みずみずしい薫りと新しいひびきを運んでくる。「すみずみにまで」(„an allen Enden")という表現が秀逸である。一人残らずだれのところにも春はやって来る、すべての人に春のよろこびは訪れる、という希望が感じられる。

　2連目で、春はさらに世界を美しく変えてゆく。とどまることのない美しさ、尽きることなく次々と咲いてゆく花－圧倒的な春の輝かしさが繰り広げられる。そして、花は「どんな遠くの深い谷にも」(„das fernste, tiefste Tal")咲く。この詩句からも、どんな人のところにも春の恵みは必ず届けられるのだ、という詩人の願いと確信が感じられる。

　心のうちに悩みを抱えた詩人のところにも、やはり春のよろこびは届けられた。それを受け取った詩人は、世界が変わっていくように、今にすべてが変わってくるという確信を抱く。「あわれな心よ」や「今に　すべてが　すべてが変わってこよう」というリフレインがこの詩に民謡風の快いリズムを与えると同時に、詩人の明日へかける信念の強さを強調している。「だれのところにも必ず春は来る」「この苦しみから脱け出してすべてが変わる時は必ず来る」。これが詩人の「春の信仰」(„Frühlingsglaube")なのである。

　シューベルトはこの詩に美しい有節歌曲をつけた。春風のそよぎを感じさせるピアノの前奏に続いて、慰めに満ちたメロディーが柔らかに歌われる。「あわれな心よ」のところで、歌は徐々に力強さ

を増し、「今に　すべてが」のところで頂点に達する。繊細でロマンティックなこのリートは、間違いなくシューベルトの傑作のひとつである。

Du bist die Ruh
君はやすらぎ

リュッケルト（Friedrich Rückert, 1788-1866）は、大学で東洋学の教授を務めるかたわら、詩作にいそしんだ。言語感覚に優れており、詩の形式と韻において卓越したものがある。リートの詩人として名高く、シューベルトのほかに、シューマン、ブラームス、ヴォルフ、マーラーなど多くの作曲家がリュッケルトの詩に曲をつけた。

　この詩につけたシューベルトのリートは、ゆっくりと静かに始まり、徐々に盛り上がっていく。その清澄な美しさで人気の高い一曲である。

Im Frühling
春に

　この詩を書いたシュルツェ（Ernst Schulze, 1789-1817）は、ドイツ北部のツェレに市長の息子として生まれた。少年の頃から、騎士物語や妖精物語の世界に浸り、荒れ野をさまよい歩いて過ごしたと言う。ゲッティンゲン大学で哲学、文学、美学を学ぶかたわら詩を書き始め、卒業後、大学講師として働き始める。この講師時代、シュルツェは東洋学者であり哲学者であった教授の娘、ツェツィーリエ・テュクセン（Cäcilie Tychsen, 1794-1812）と知り合い、彼女を熱烈に愛するようになる。しかし、この恋は、ツェツィーリエの

結核による早すぎる死で終わりを告げ、シュルツェに癒しがたい苦しみを与えた。彼の人生と詩にツェツィーリエは決定的な影響を与え、この時から彼の書くものには亡き恋人へのやみがたい思いが色濃く表れるようになった。

シュルツェ自身も 28 歳という若さで亡くなり、シューベルトは詩人に自分と似通った境涯を感じていたのではないだろうか。シュルツェの『詩的な日記』(„Poetisches Tagebuch") から 9 つの詩を選んで曲をつけている。その中で最も有名なのが、この「春に」である。

「ぼく」は丘の斜面にすわり、幸せだった昔の日々を回想している。今は春、彼女に恋をしたのも春だった。泉の中に青い空が映り、その空の中に彼女が映って見えていた。つまり、二人で泉の中をのぞきこんでいたのだ。その時、彼は彼女にキスをしたのではないだろうか。花も野もあの頃と変わりないのに、そうして、泉の中には今日も青い空が映っているのに、彼女の姿だけが映らない。二人の間にどんな行き違いがあったのかはわからない。彼は彼女を失った。そして、彼女への愛と愛を失った苦しみだけがあとに残された。最後の連の「もしも鳥だったなら、彼女の歌を夏じゅうずっと歌うだろう」という言葉が切なく響く。

この詩につけたシューベルトのリートの曲調は明るい。しかし、その明るさは底抜けの明るさではなく、憂いを含んだ明るさであり、心に痛みを伴った幸せである。彼女との仲違いに触れるとき、曲は長調から短調に転調し、暗く翳りを帯びたものになる。しかし、また、最後に曲調は元に戻って憂いを帯びた明るさになる。

最初のメロディーと同一ではあっても、最初と最後では心情が異なることに注意したい。最後の連で詩を読む者は、恋人のいない喪失感に心の中で泣いている「ぼく」の悲しみを感じずにはいられ

ない。時折入るピアノの前奏、間奏、後奏がたとえようもなく美しく、あたかも天国で鳴っているかのような響きがする。

　これほどの美しい曲がなぜ「冬の旅」ほどには演奏会で取り上げられる機会が少ないのか、非常に残念に思う。「恋人の近くに」や「春の信仰」、「鳩の便り」と並んで、シューベルトの傑作であり、もっともっと歌われていい曲だと思う。

Die Taubenpost
鳩の便り

　シューベルトの友人でもあったウィーンの詩人ザイドル（Johann Gabriel Seidl, 1804-1875）の詩によるこの「鳩の便り」は、歌曲集「白鳥の歌」の最後に載せられることもあるが、後から付け加えられたものであり、ハイネ歌曲との性格の違いから、本来独立した一曲として扱われるべき作品である。詩のことばに肉薄して作られ緊張感に満ちたハイネ歌曲とは全く異なるスタイルの、もっと気軽な変奏有節歌曲である。

　シューベルトが作曲した最後のリートと言われるが、私はシューベルトが「冬の旅」のような暗い曲ではなく、このリートのように明るく朗らかな曲を最後に残したことを知り、うれしく思う。シューベルトが子どもの頃から聞き慣れていたであろうなつかしいウィーンの舞曲風の、何とも言えずのどかで、暖かみのあるリートである。聞いていると、楽しいような、でもどこかさびしく悲しいような、そして心が解放されていくような気持ちになる。自分の生きてきた人生すべてを肯定し、感謝とともに受け入れることのできた人のみに作ることのできた音楽だと感じる。

　詩は平凡なものであり、ことばの使い方においても内容におい

ても、ゲーテやハイネのような芸術性は感じられない。しかし、シューベルトのリートを聞いていると、そんなことは全くどうでもいいと思えてくる。

　シューベルトはこの鳩に、自分のいちばん大切なものを託して曲をつくったのではないだろうか。この鳩の名を「あこがれ」と言うのは、偶然の一致と言うにはあまりにもできすぎた符合である。ロマン派の詩、そしてロマン派の音楽を貫くものに、まさにこの「あこがれ」がある。鳩が人々に届ける手紙、それはシューベルトにとってはすなわち、音楽ではないか。あこがれに胸ふくらませながら、あこがれに満ちた音楽を人々に届けること、そのことにシューベルトは生涯をかけた。私はこの曲を聞くたびに、心のうちでシューベルトに感謝せずにはいられない。「あなたの鳩は確かにあなたからの手紙を私に届けてくれました。すばらしい音楽を贈ってくれて、ありがとう！」と。

ハイネの詩によるシューマン歌曲集

ハインリヒ・ハイネ

詩人の恋　作品 48（1840 年）
（Dichterliebe　op.48, 1840）

1. Im wunderschönen Monat Mai

Im wunderschönen Monat Mai,
Als alle Knospen sprangen,
Da ist in meinem Herzen
Die Liebe aufgegangen.

Im wunderschönen Monat Mai,
Als alle Vögel sangen,
Da hab ich ihr gestanden
Mein Sehnen und Verlangen.

2. Aus meinen Tränen sprießen

Aus meinen Tränen sprießen
Viel blühende Blumen hervor,
Und meine Seufzer werden
Ein Nachtigallenchor.

Und wenn du mich lieb hast, Kindchen,
Schenk ich dir die Blumen all,
Und vor deinem Fenster soll klingen
Das Lied der Nachtigall.

ハイネの詩によるシューマン歌曲集
詩人の恋　作品48（1840 年）

１．　いと　うるわしき月　五月

いと　うるわしき月　五月
すべてのつぼみ　ひらくとき、
ぼくの心に
恋が芽ぶいた。

いと　うるわしき月　五月
すべての小鳥　歌うとき、
ぼくは彼女に　打ち明けた
ぼくの願いと　あこがれを。

２．　ぼくの流す涙から

ぼくの流す涙から
たくさんの花が　咲きこぼれ、
ぼくのもらす吐息から
ナイチンゲールの歌が　生まれる。

かわいい子、ぼくを愛してくれるなら、
この花を　みんな　あげよう、
君のいる　部屋の窓辺に
この歌を　ひびかせよう。

3. Die Rose, die Lilje, die Taube, die Sonne

Die Rose, die Lilje, die Taube, die Sonne,
Die liebt ich einst alle in Liebeswonne.
Ich lieb sie nicht mehr, ich liebe alleine
Die Kleine, die Feine, die Reine, die Eine;
Sie selber, aller Liebe Bronne,
Ist Rose und Lilje und Taube und Sonne.

4. Wenn ich deine Augen seh

Wenn ich in deine Augen seh,
So schwindet all mein Leid und Weh;
Doch wenn ich küsse deinen Mund,
So werd ich ganz und gar gesund.

Wenn ich mich lehn an deine Brust,
Kommt's über mich wie Himmelslust;
Doch wenn du sprichst: ich liebe dich!
So muß ich weinen bitterlich.

3．ばら、ゆり、はと、太陽

ばら、ゆり、はと、太陽、
かつて　愛のよろこびで　ぼくを満たしたもの　すべて。
でも　今は　愛するものは　ただひとつ
かわいい、やさしい、清らかな君、ただひとり。
彼女こそ　愛のよろこびの　湧く泉、
ぼくの　ばら、ゆり、はと、太陽。

4．君の瞳を見つめると

君の瞳を見つめると、
悩み、悲しみ、すべて　消え去り、
君のくちびるに　キスすると、
ぼくの心は　たちまち　晴れる。

君の胸に寄り添うと、
天国にいるかのような　心地して、
君に「愛している」と言われたら、
ぼくは　激しく　泣いてしまう。

5.   Ich will meine Seele tauchen

Ich will meine Seele tauchen
In den Kelch der Lilje hinein;
Die Lilje soll klingend hauchen
Ein Lied von der Liebsten mein.

Das Lied soll schauern und beben,
Wie der Kuß von ihrem Mund,
Den sie mir einst gegeben
In wunderbar süßer Stund.

5．ぼくの心を　ひたしてみたい

ぼくの心を　ひたしてみたい
百合のうてなの中深く、
百合は　ささやき　歌うだろう
ぼくの愛するひとの歌。

歌は　わななき　ふるえるだろう、
かつて彼女が　ぼくにくれた
口づけの、そのように
限りなく　甘美だった　ひとときに。

6. Im Rhein, im schönen Strome

Im Rhein, im schönen Strome,
Da spiegelt sich in den Wellen,
Mit seinem großen Dome,
Das große, heilige Köln.

Im Dom da steht ein Bildnis,
Auf goldenem Leder gemalt;
In meines Lebens Wildnis
Hat's freundlich hineingestrahlt.

Es schweben Blumen und Englein
Um unsre liebe Frau;
Die Augen, die Lippen, die Wänglein,
Die gleichen der Liebsten genau.

６．清きラインの　流れのほとり

清きラインの　流れのほとり、
揺れる波間に　かげ映す、
大いなる　大聖堂を擁した
大都市ケルン、聖なる都。

御堂_{みどう}には　一枚の聖画がかかる、
金地の革に　描かれて、
ぼくの荒れた生活を
やさしい光で　照らしてくれた。

宙_{そら}を舞う　花と天使に囲まれた
聖母のみすがた、
その目、その口、その頬は
我が恋人と　見まがうばかり。

7. Ich grolle nicht

Ich grolle nicht, und wenn das Herz auch bricht,
Ewig verlornes Lieb! ich grolle nicht.
Wie du auch strahlst in Diamantenpracht,
Es fällt kein Strahl in deines Herzens Nacht.

Das weiß ich längst. Ich sah dich ja im Traum,
Und sah die Nacht in deines Herzens Raum,
Und sah die Schlang, die dir am Herzen frißt,
Ich sah, mein Lieb, wie sehr du elend bist.

7．恨みはしない

恨みはしない、胸はり裂けようと、
二度とかえらぬ恋人よ！　恨みはしない。
君がきらめく宝石で　身を飾ろうと、
君の心の暗闇に　一筋の光さえ　射しはしない。

とうの昔に知っていた。夢で見たのだ、
君の心の奥深く　巣食う暗闇、
君の心に食らいつく　蛇の姿を、
恋人よ、ぼくは見たのだ、何ともみじめな　君の姿を。

8. Und wüßten's die Blumen, die kleinen

Und wüßten's die Blumen, die kleinen,
Wie tief verwundet mein Herz,
Sie würden mit mir weinen,
Zu heilen meinen Schmerz.

Und wüßten's die Nachtigallen,
Wie ich so traurig und krank,
Sie ließen fröhlich erschallen
Erquickenden Gesang.

Und wüßten sie meine Wehe,
Die goldnen Sternelein,
Sie kämen aus ihrer Höhe,
Und sprächen Trost mir ein.

Die alle können's nicht wissen,
Nur eine kennt meinen Schmerz:
Sie hat ja selbst zerrissen,
Zerrissen mir das Herz.

8．小さな花が知ったなら

ぼくの心の　深い傷を
小さな花が知ったなら、
いっしょに泣いて　この苦しみを
涙で洗い流すだろう。

ぼくの悲しみ、わずらいを
ナイチンゲールが知ったなら、
明るい声を　ひびかせて、
励ましの歌　歌うだろう。

金にかがやく星たちが
ぼくの嘆きを知ったなら、
高い空から　おりてきて、
慰めの　ことばをぼくに　かけるだろう。

でも　この苦しみを　みんな知らない、
知っているのは　ただひとり、
ほかならぬ　彼女がぼくを　切り裂いた、
ずたずたに　ぼくの心を　切り裂いた。

9.   Das ist ein Flöten und Geigen

Das ist ein Flöten und Geigen,
Trompeten schmettern drein;
Da tanzt den Hochzeitreigen
Die Herzallerliebste mein.

Das ist ein Klingen und Dröhnen
Von Pauken und Schalmei'n;
Dazwischen schluchzen und stöhnen
Die guten Engelein.

10.   Hör ich das Liedchen klingen

Hör ich das Liedchen klingen,
Das einst die Liebste sang,
So will mir die Brust zerspringen,
Vor wildem Schmerzendrang.

Es treibt mich ein dunkles Sehnen
Hinauf zur Waldeshöh,
Dort löst sich auf in Tränen
Mein übergroßes Weh.

ハイネの詩によるシューマン歌曲集
詩人の恋　作品48（1840年）

９．　あれはフルートとヴァイオリン

あれはフルートとヴァイオリン、
トランペットの音も聞こえる、
婚礼の　祝いの輪舞を踊っている、
ぼくの最愛のひとが　踊っている。

にぎやかに　とどろき　ひびく
太鼓と笛、
混じって聞こえる　すすり泣き、
善良な天使たちの　むせび泣き。

10．　昔　愛するひとが歌っていた

昔　愛するひとが歌っていた
歌のしらべが　聞こえてくると、
猛然と　押し寄せる苦しみに
ぼくの胸は　裂けそうになる。

胸に秘めたるあこがれは
森の高きへと　ぼくをかりたて、
あまりに深い悲しみは
涙となって　解けてゆく。

11. Ein Jüngling liebt ein Mädchen

Ein Jüngling liebt ein Mädchen,
Die hat einen andern erwählt;
Der andre liebt eine andre,
Und hat sich mit dieser vermählt.

Das Mädchen heiratet aus Ärger
Den ersten besten Mann,
Der ihr in den Weg gelaufen;
Der Jüngling ist übel dran.

Es ist eine alte Geschichte,
Doch bleibt sie immer neu;
Und wem sie just passieret,
Dem bricht das Herz entzwei.

11.　ある若者が娘に恋した

ある若者が娘に恋した、
娘は別の男を選んだ。
その男は別の娘に恋をして、
その娘といっしょになったとさ。

ふられた娘は　腹いせに
たまたま出会った　ゆきずりの
男と縁を　結んでしまった。
身の置きどころない　最初の若者。

これは昔の話だが、
今でも新しく　聞く話。
ほかならぬ　我が身に起こったそのときは、
心は裂けて　まっぷたつ。

12.   Am leuchtenden Sommermorgen

Am leuchtenden Sommermorgen
Geh ich im Garten herum.
Es flüstern und sprechen die Blumen,
Ich aber ich wandle stumm.

Es flüstern und sprechen die Blumen,
Und schaun mitleidig mich an:
Sei unserer Schwester nicht böse,
Du trauriger, blasser Mann.

12.　光り輝く夏の朝

光り輝く夏の朝
ぼくは　庭をめぐり歩く。
花は　ささやき　語らうが、
ぼくは　無言で　さまよいあるく。

花は　ささやき　語りつつ、
気の毒そうに　ぼくを見つめる、
「あの娘を悪く　思わないで、
顔　蒼白き、悩める人よ。」

13. Ich hab im Traum geweinet

Ich hab im Traum geweinet,
Mir träumte du lägest im Grab.
Ich wachte auf, und die Träne
Floß noch von der Wange herab.

Ich hab im Traum geweinet,
Mir träumt' du verließest mich.
Ich wachte auf, und ich weinte
Noch lange bitterlich.

Ich hab im Traum geweinet,
Mir träumte du bliebest mir gut.
Ich wachte auf, und noch immer
Strömt meine Tränenflut.

13.　夢の中で　ぼくは泣いた

夢の中で　ぼくは泣いた、
見たのだ、墓に横たわる君の姿を。
目覚めてのちも　しばらくは
頬を伝って　涙が流れた。

夢の中で　ぼくは泣いた、
見たのだ、ぼくを見捨てる君の姿を。
目覚めてのちも　長いこと
ぼくは激しく　泣いていた。

夢の中で　ぼくは泣いた、
見たのだ、ぼくにやさしくしてくれる君の姿を。
目覚めてのちも　いつまでも
涙があふれて　とまらない。

14. Allnächtlich im Traume seh ich dich

Allnächtlich im Traume seh ich dich,
Und sehe dich freundlich grüßen,
Und laut aufweinend stürz ich mich
Zu deinen süßen Füßen.

Du siehst mich an wehmütiglich,
Und schüttelst das blonde Köpfchen;
Aus deinen Augen schleichen sich
Die Perlentränentröpfchen.

Du sagst mir heimlich ein leises Wort,
Und gibst mir den Strauß von Zypressen.
Ich wache auf, und der Strauß ist fort,
Und das Wort hab ich vergessen.

14.　夜ごと　夢に　君を見る

夜ごと　夢に　君を見る、
夢でやさしく　迎えられると、
思わず声を上げ　泣いてしまう、
君のかわいい足に　とりすがって。

もの悲しげに　ぼくを見つめて
君はその、ブロンドの頭を揺らす、
真珠のような　涙のしずくが
ほろりと君の　目からこぼれる。

君はそっと　何かをささやき、
糸杉*の枝葉の束を　ぼくに差し出す、
夢から覚めると　枝はない、
言われたことばも　忘れてしまった。

＊糸杉：西洋で「死」を象徴する木と言われる。

15.   Aus alten Märchen winkt es

Aus alten Märchen winkt es
Hervor mit weißer Hand,
Da singt es und da klingt es
Von einem Zauberland;

Wo bunte Blumen blühen
Im gold'nen Abendlicht,
Und lieblich duftend glühen,
Mit bräutlichem Gesicht;

Und grüne Bäume singen
Uralte Melodei'n,
Die Lüfte heimlich klingen,
Und Vögel schmettern drein;

Und Nebelbilder steigen
Wohl aus der Erd' hervor,
Und tanzen luft'gen Reigen
Im wunderlichen Chor;

Und blaue Funken brennen
An jedem Blatt und Reis,
Und rote Lichter rennen
Im irren, wirren Kreis;

15.　昔のおとぎ話から

昔のおとぎ話から
白き手が伸び　さし招く、
すると　聞こえる歌と音
魔法の国から　響きだす。

花々は　色とりどりに　咲きほこる、
黄金(きん)の夕日に　照らされて、
かぐわしい香りを放ち、花　燃ゆる
花嫁の顔　さながらに。

緑濃き　木々は歌う
太古の昔の　歌のしらべ、
そよそよと　風はさやぎ、
鳥　高らかに　さえずり歌う。

そして　現れる　怪しい影、
大地から　立ちのぼり、
軽やかな輪舞(ロンド)を踊る
奇しき歌声　ひびかせて。

そして　ともる　青い炎、
どの葉、どの枝にも　一様に、
そして　かけ回る　赤い光、
狂ったように　円を描いて。

Und laute Quellen brechen
Aus wildem Marmorstein,
Und seltsam in den Bächen
Strahlt fort der Widerschein.

Ach, könnt' ich dorthin kommen,
Und dort mein Herz erfreu'n,
Und aller Qual entnommen,
Und frei und selig sein!

Ach! jenes Land der Wonne,
Das seh' ich oft im Traum,
Doch kommt die Morgensonne,
Zerfließt' s wie eitel Schaum.

そして　泉は音を立て
荒い大理石から　ほとばしる、
せせらぎは　不思議な光に照らされて
輝きながら　流れゆく。

ああ、そんな国に行けたなら、
そしたら　どんなに　うれしいか、
悩みをすべて　振り捨てられたら、
ぼくは　幸せになれるのに！

ああ！　そのよろこびの国ならば、
ぼくは　しばしば　夢に見る。
けれども　朝日が　顔出すと、
うたかたのように　消えてしまう。

16. Die alten, bösen Lieder

Die alten, bösen Lieder,
Die Träume schlimm und arg,
Die laßt uns jetzt begraben,
Holt einen großen Sarg.

Hinein leg ich gar manches,
Doch sag ich noch nicht was;
Der Sarg muß sein noch größer
Wie's Heidelberger Faß.

Und holt eine Totenbahre,
Von Brettern fest und dick;
Auch muß sie sein noch länger
Als wie zu Mainz die Brück.

Und holt mir auch zwölf Riesen,
Die müssen noch stärker sein
Als wie der heilge Christoph
Im Dom zu Köln am Rhein.

Die sollen den Sarg forttragen,
Und senken ins Meer hinab,
Denn solchem großen Sarge
Gebührt ein großes Grab.

16.　昔のうとましい歌の数々

昔のうとましい歌の数々、
いまわしい悪夢をすべて、
さあ、葬り去ろう、
大きい柩を持ってこい。

入れるものは　いろいろあるが、
それが何かは　まだ　言わない。
柩はうんと　大きいのが必要だ、
ハイデルベルクの酒樽[1]よりも。

それから　柩を運ぶ台が要る、
丈夫な厚い板でこしらえた、
マインツにかかる橋よりも
うんと長い　棺台が。

大男も連れてきてくれ、
怪力の持ち主を十二人、
ライン河畔のケルンのドームの
聖クリストファー[2]より　強いやつ。

やつらに柩をかつがせて、
海の中に沈めてもらおう、
そんなに大きい柩には
大きな墓場が　ふわさしいから。

Wißt ihr warum der Sarg wohl
So groß und schwer mag sein?
Ich legt auch meine Liebe
Und meinen Schmerz hinein.

ハイネの詩によるシューマン歌曲集
詩人の恋　作品48（1840 年）

知っているかい、柩が
こんなに大きく　重いわけ。
いっしょに中に　入れたからさ、
ぼくの恋も　悲しみも。

1　ハイデルベルク城の地下にあるワインを入れる樽。巨大な
　　ことで有名。
2　3世紀の伝説的な殉教者。少年に姿を変えたキリストをそ
　　うとは知らずに背負って川向うまで運んだが、キリストは
　　世界のすべての苦しみを背負っていたため、ひどく重かっ
　　たと言われる。ケルンの大聖堂の中に聖クリストファーの
　　像がある。

作品解説

1. Im wunderschönen Monat Mai
    いと　うるわしき月　五月

　ハイネの初期の作品を集めて 1827 年に出版された『歌の本』（„Buch der Lieder"）には、ハイネの従妹アマーリエ、そしてアマーリエの妹テレーゼとの報われぬ恋の体験がモチーフとなって生まれた恋愛詩が数多く含まれている。19 世紀最高の恋愛詩と称され、多くの言語に翻訳された。また、シューベルト、シューマン、メンデルスゾーン、ヴォルフなど数多くの作曲家がこぞって『歌の本』の詩に曲をつけたことで知られている。

　ハイネの詩の特徴のひとつに、際立った簡潔性がある。他の詩人が十の言葉をもって表現することを、ハイネならひとつの言葉で事足りてしまう。それに加えて、韻律の美しさ、豊かなイメージを喚起するロマンティックな言葉と表現が作曲家を魅きつけたのは当然である。

　しかし、ハイネの美しい言葉の裏には、報われぬ恋に悩み傷つく詩人の苦しみがある。ドイツ人社会から受け入れを拒否されたユダヤ人ハイネにとって、失恋の悲しみは自分の存在を否定された悲しみとして、より先鋭化されたのではないだろうか。その自らの悲しみをハイネは皮肉や自嘲、ユーモアで相対化し、ロマン派を現代に通じるものへと革新したのである。

　後に妻となったクララ（Clara Schumann, 1819-1896）との恋に悩んだ経験を持つシューマン（Robert Schumann, 1810-1856）は、ハイネの恋愛詩に自分との同質性を深く感じ、詩の情感に激しく心を揺さぶ

ハイネの詩によるシューマン歌曲集
詩人の恋　作品 48（1840 年）

られたに違いない。そうでなければ、これほど詩に密接に寄り添っ
たリートが書けるはずがない。詩と曲が全く同時にできたのではな
いかと思われるほどである。詩を朗読すれば、シューマンのリート
が心に浮かび、リートのメロディーが流れてくると、ハイネの詩が
頭に浮かんでくる。

　リーダー・クライス「詩人の恋」（„Dichterliebe“）の詩は『歌の
本』の中の「抒情挿曲」から採られている。1 番から 16 番の最後
まで歌うことによって、ひとりの詩人の恋の始まりから終わりまで
が彷彿とされる。

　第 1 曲目で、詩人は恋の始まりを告げる。しかし、これは現在
進行形の恋ではなく、回想の中の恋である。いとうるわしき月五月
に花が咲いた。その時、ぼくの心にも恋が芽生えた。鳥が歌ってい
た。その時、ぼくは彼女に告白した。原文のドイツ語ではすべて過
去形で書かれており、この恋はすでに終わったものであることが暗
示される。

　ゲーテに「五月の歌」（„Mailied“）という有名な詩がある。その
詩の中で、詩人は「花々は／枝に萌えいで／千もの歌声／繁みより
ひびく、（略）ああ、少女よ、少女、／ぼくは君を愛す！」と歌っ
た。まさに、現在進行形の恋だった。それから半世紀を経て、私た
ちは何と異なる魂のありよう、詩の表現を目にすることか。

　「詩人の恋」全体の雰囲気を決定づけるこのリートのピアノ伴奏
は長調と短調の間を揺れ動き、悲しい結末に終わる恋の行方を暗示
しているかのようである。また、甘美な旋律の音の上がり切らない
様が、うれしいとも悲しいともつかない微妙な心情を表しているよ
うに感じる。

　„sprangen“、„aufgegangen“、„sangen“、„Verlangen“ と い う
4 つの鼻濁音を含む韻がこの上なく甘く美しく、そして切なく響

199

く。歌うときにはこの鼻濁音をぜひ美しく響かせてほしい。ただ正しく発音するというだけでは十分でない。そこに恋の甘さと切なさという感情を込めることこそが重要なのである。

2. Aus meinen Tränen sprießen
ぼくの流す涙から

涙から花が咲く、というドイツ民謡にしばしば用いられる表現を、ハイネは芸術的な詩に昇華した。これに寄り添うシューマンのリートは簡素で内省的であり、詩の言葉をそのまま語るように歌われる。

3. Die Rose, die Lilje, die Taube, die Sonne
ばら、ゆり、はと、太陽

花といい、「太陽」といい、恋人の美しさ、いとおしさを讃える常套句である。中でも、「ばら」と「ゆり」ほどハイネの『歌の本』の中で愛の比喩として、たびたび使われている花はない。このありふれた言葉を用いつつ、ハイネの詩は恋人への愛を歌って非凡である。

この詩につけたハイネのリートは、半ば早口言葉のように一気に歌われてせわしない。歌では、„ich liebe alleine ／ die Kleine, die Feine, die Reine, die Eine" が最後にもう一度繰り返される。たたみかけるように重ねられる［aɪ］と［ɛ］の発音が印象的に耳に響く。

5行目の最後の言葉は、シューマンのリートでは „Wonne" である。

4. Wenn ich deine Augen seh
　 君の瞳を見つめると

　恋人に「愛している」と言われたら、喜ぶのではなく、「激しく
泣いてしまう」と歌っていることに注意を払いたい。この最後の一
言に、詩人が恋人に寄せる熱い思い、しかし、いくぶん屈折した思
いが凝縮されているように思う。

　不世出のバリトン歌手、ディートリッヒ・フィッシャー＝ディー
スカウの歌う「詩人の恋」は幾度となくCDで聞いたが、„ich
liebe dich"（「愛している」）のピアニッシモの美しさには心を動か
される。恋の告白はささやくように行われるものである。また、大
切な言葉こそ声をひそめて伝えられるものであろう。

5. Ich will meine Seele tauchen
　 ぼくの心を　ひたしてみたい

　言うまでもなく、この詩で百合は恋人の象徴である。そしてその
百合は、大天使ガブリエルが聖母マリアに受胎告知を行った際に手
に持っていた花だった。そのことから、百合と言えば聖母、純潔を
表している。その百合に心をひたしてみたい、という表現からは、
えもいわれぬ官能性が匂い立つ。

6. Im Rhein, im schönen Strome
　 清きラインの　流れのほとり

　恋人を聖母マリアの象徴である百合にたとえた詩人は、この詩で
いよいよはっきりと恋人と聖母の相似性を指摘する。清きラインの

ほとりの聖なる都ケルンにある聖なるドーム、そこにある絵に描かれた聖母と恋人がそっくりだと言うのだ。

　この聖母マリアの絵は 1440 年頃にロホナー（Stefan Lochner, 1410 年頃 -1451 年頃）によって描かれた祭壇画で、実際は革ではなく木の板に描かれており、ケルン大聖堂の周歩廊に飾られている。ハイネは少年の頃、この絵を一目見て心を奪われ、足繁く大聖堂に通って聖画を見ては、カトリックの神秘性に魅かれていたという。

　詩人は、聖なるものを俗なるものに置き換え、聖母の持つ美しさと慈愛、母性を恋人に投影している。聖なるものの中に俗なるものがあり、俗なるものの中に聖なるものがある。その一致に、詩人は畏れを抱く。

　堂々とそびえ立つケルンの大伽藍や古い聖画を描写するのにふさわしく、重々しいバロック調のピアノ伴奏が歌を支える。そうして、詩人の心の葛藤を伝える。

　ハイネの初版本では「聖なるラインの流れ」（„im heiligen Strome“）となっており、シューマンはこの版に基づいてリートをつくった。しかし、ハイネの詩集の最終版では「清き」（„schönen“）となっている。

7. Ich grolle nicht
　　恨みはしない

　恋の始まりを宣言し、恋するよろこびに震える胸のうちを吐露した詩人は、ここに至って失恋の苦しみを訴える。「恨みはしない」という言葉とは裏腹に、その心は恋人への恨みと怒り、そして悲しみではり裂けんばかりである。そうして、百合や鳩にたとえ、やさしく清らかだと思っていた恋人の心に暗闇や蛇が巣食うとまで言っ

ている。その毒のある表現に、詩人の心に受けた傷の深さを思う。
それと同時に、君はみじめだ、と歌うことで、自分を相手より優位
な立場に置き、そのことによって自らの誇りを必死に守ろうとして
いるかのようでもある。

　リートでは、„Das weiß ich längst.“ の後に、„Ich grolle nicht,
und wenn das Herz auch bricht.“ が付け加えられ、さらに、最後
に再び „Ich grolle nicht“ が付け加えられている。リートを聞いて
いると、„nicht“ の摩擦音と歯茎音が鋭く強く耳に響き、すべての
ことを拒絶する詩人の姿が立ち表れてくる。

8.　Und wüßten's die Blumen, die kleinen
　　小さな花が知ったなら

　いくつかの読み人知らずの民謡の中に、この詩と内容のよく似
通ったものがある。
　最初の3連は「花」「ナイチンゲール」「星」という美しい言葉
を用いて、これらのものが自分の失恋の痛手を癒してくれるだろう
に、とロマンティックに歌う。しかし、ここで終わらないのがハイ
ネの流儀で、最後の連で「ぼくの心を切り裂いた」（„zerrissen“）と
慄然とするほどの激しい言葉で、彼女の非道を告発する。

9.　Das ist ein Flöten und Geigen
　　あれはフルートとヴァイオリン

　一時は恋仲にあったアマーリエが自分を裏切って別の男性と結婚
してしまったことが、この詩の背景にある。恋人の結婚の宴で鳴ら
される音楽を詩人は耳にする。様々な楽器が鳴り響くそのにぎやか

さの中からもれ聞こえるのは、天使の泣く声である。シューマンの歌詞では „lieblichen"（「かわいらしい」）となっているが、原文では „guten"（「善良な」）天使である。

　泣いているのは本人であるはずのところを、あえて自分が泣いているとは言わずに、「天使も泣いている」と歌うことにより、善良な天使をも泣かせてしまう恋人の咎が強調される。リートに添えられたピアノ伴奏が、音楽も踊りもぐるぐると回り続けて止まらない様を表現すると同時に、悲しみを止められない詩人の心のありようをも表しているようである。

10. Hör ich das Liedchen klingen
昔　愛するひとが歌っていた

　恋を失った苦しみに、詩人の胸ははり裂けそうになる。深い悲しみを抱え、詩人の足はいつの間にか森へと向かう。そうして、そこでせきとめられていた涙が一気にあふれだす。シューマンのリートは、ピアノの後奏に至ってようやく解き放たれた感情の発露を表現する。

11. Ein Jüngling liebt ein Mädchen
ある若者が娘に恋した

　この詩の中で語られる男女の三角関係はどの時代のどこの国にもよくあることで、決して珍しいことではない。しかし、それが他人事である限りは軽く受け流すことができても、自分の身に起こったときは悲劇である。

　ハイネは最初の２連で恋の昔話を語って聞かせる。その語り口

は極めて淡々としており、何の感情もこもっていない。その過度に
即物的な表現は意図したものであろう。最後の連になって、その昔
話が古いものではなく、今でもある新しいものであり、当人の身の
上に起きたことが明らかにされて、読む者に衝撃を与える。最後の
„entzwei“（「まっぷたつ」）という言葉があまりに痛々しい。

　この詩の背景には、ハイネとは結婚せずに第三者と結婚した従姉
アマーリエ・ハイネとハインリヒ・ハイネとのいきさつがあると言
われている。

　この詩につけられたシューマンのリートは、詩の持つ諧謔性を誇
張してか、跳びはねるようなリズムでいささか陽気に歌われる。そ
の落ち着きのない感じに、初めて聞いたとき、強い違和感を覚え
た。最初の 2 連は、もっと淡々とした曲調であるべきであり、逆に
それと対照をなす第 3 連は不運に当たってしまった者の悲劇を描い
てもっと深刻で衝撃的であるべきではないだろうか。シューマンの
リートは、この詩の内容とイメージにそぐわないと感じる。

12.　Am leuchtenden Sommermorgen
光り輝く夏の朝

　夏の日は光り輝き、花々はその光を浴びて語り合っているのに、
詩人は恋人を失った悲しみに茫然自失となっている。苦悩に青ざめ
た詩人に、花までが同情し、慰めの言葉をかける。

13.　Ich hab im Traum geweinet
夢の中で　ぼくは泣いた

　詩の形として完璧に整っており、これを読んだ音楽家なら、だれ

でもリートを作曲せずにはいられなくなるだろう。各連の1行目は
すべて „Ich hab im Traum geweinet,“（「ぼくは夢の中で泣いた、」）
で始まり、2行目も „Mir träumte“（「見たのだ」）まで全く同じであ
る。3行目も „Ich wachte auf,“（「目覚めてのちも」）まで同一であ
る。また、各連の最終行も涙が流れた、泣いた、という同じような
内容のことを微妙に異なる表現で伝えている。この同じ言葉の繰り
返しと微妙なずらしが、この詩に美しいリズムと陰影を与えている。

　言葉も内容も異なるのは2行目後半からで、夢の内容が語られ
る。「墓に横たわる君の姿」からは恋の終わりが暗示され、「ぼくを
見捨てる君の姿」で、失恋の事実がはっきりと告げられる。「ぼく
にやさしくしてくれる君の姿」からは、ぼくの願望とその願望がか
なわぬ心の痛み、恋人への未練が伝えられる。

　夢の中で泣いていたぼくは、夢から覚めても現実の中で泣き続
ける。涙は止まるどころか、„noch lange“（「長いこと」）„noch
immer“（「いつまでも」）泣き続け、その泣き方は1連より2連、2
連より3連とますます激しくなっていく。したがって、このリート
を歌うときは、徐々に気持ちを高ぶらせていくことが求められるだ
ろう。

　第3連2行目 „du bliebest mir gut“ はシューマンのリートのテ
クストでは、„du wär'st mir noch gut“ となっている。

14.　Allnächtlich im Traume seh ich dich
　　　夜ごと　夢に　君を見る

　この詩でも、詩人は恋人の夢を見る。そして、ここでも恋人は涙
を流す。『歌の本』の中の「帰郷」に収録されている「海辺にて」
（„Am Meer“）と非常によく似た情景である。

　「海辺にて」では、恋人の涙の中に含まれていた毒によって詩人
はやつれ果て、心は死んでゆくが、この詩では、恋人は詩人に「糸
杉の枝葉」を差し出す。糸杉と言えば「死」を象徴する木であり、
イタリアの墓地にはよくこの糸杉の木が植えられている。恋人から
糸杉を渡されたということは、すなわち、恋の終わりを告げられて
いるのであり、死を宣告されたも同じであろう。恋人が彼の心を死
に至らしめるのである。

15. Aus alten Märchen winkt es
昔のおとぎ話から

　初稿とその後の稿とで、言葉が変わっていることはよくあるが、
この詩は全体に大幅な変更が加えられている。シューマンはこの詩
の初版本の詩の方に曲をつけており、その後の変更が大きいことか
ら、リートに合わせて本書では最終版ではなく、初版の方の詩を訳
出した。
　詩人はおとぎの国の幻想的な美しさ、聞こえてくる音、香り、色
の様子を、„Und"（「そして」）を９回も使いながら、五感に訴える
ように次々に描いていく。魔法の国の妖しい感じが際立っている。
しかし、この国は現実にはない幻なのだ。失恋の痛みから、一時お
とぎの国へと逃避したとしても、たちまち消えてしまうはなかい夢
であり、幻なのである。

16. Die alten, bösen Lieder
昔のうとましい歌の数々

　シューマンの「詩人の恋」、そして、ハイネの「抒情挿曲」の最

後を飾る作品は、「大きい柩を持ってこい」というおどけた調子で始まる。柩に入れるのは歌と悪夢だと言っているが、そのほかにまだ何か入れるものがあるらしい。しかし、詩人は「それが何かはまだ　言わない。」わかっているのは、すべてを入れるためには、柩は途方もなく大きくなければいけないということだ。

柩の大きさを表すための比喩が愉快だ。巨大なこと、長いこと、力の強いことで最も有名なものを持ち出してきて、それを上回るものを用意しろ、と言う。ハイデルベルクの酒樽も、マインツにかかる橋も、伝説の聖クリストファーも、ドイツ人にとってはおなじみのものばかりで、豊かなイメージを喚起する。と同時に、詩を読む者は柩の中に入れるものが何かということも忘れて、柩の突拍子もない大きさやそれをかついで行くことの大変さばかりに気をとられてしまう。そのように読者を愉快な気分にさせておきながら、最後にハイネはぎょっとする言葉で苦い真実を突きつける。

なぜ、これほど柩は巨大でなければいけないのか。詩人の悲しみがそれほど大きいからである。最終行は、「こんなにぼくは悲しいのだ。」という詩人の自嘲であり、「このぼくの悲しみがわかるか！」という詩人の心の叫びなのである。

しかし、改めて詩を注意深く読むと、柩の中に「ぼくの恋も悲しみも」(„auch meine Liebe/Und meinen Schmerz hinein.“) 入れた、と言っている。つまり、1行目の「うとましい歌の数々」(„Die alten, bösen Lieder“) と「いまわしい悪夢のすべて」(„Die Träume schlimm und arg“) に加えて、恋と悲しみも中に入れたというわけである。自分の書いた詩などくだらない、恋にまつわるものすべて、恋の詩も、恋の悩みも、恋の夢も思い出もすべて葬り去ってしまいたい、というまさに、自分自身をも含む全否定の言葉で最後の詩は終わるのである。すべてを自分から切り離すことで、ハイネはおのれの悲

しみから距離を置こうとしたのではないだろうか。

　調子の良いリズムで元気よく始まったシューマンのリートは、第
５連に至って柩の重さに耐えかねるように重くなり、最後の６連で
曲調は打って変わって深刻になり、憂いと悲しみを表現する。その
後に続く長い後奏は、すべてを捨てた、という威勢のいい言葉とは
裏腹に、断ち切ることのできない思いを抱え、心の中で涙を流す詩
人の魂を伝えている。それとともに、「光り輝く夏の朝」を思わせ
るメロディーが再現されて過ぎし日の詩人の恋が回想され、詩人の
傷ついた心を慰める。そうして大きな円を描くように、歌曲集「詩
人の恋」が幕を閉じる。

　言葉では言い表せない一人の人間の深層心理をも伴奏に託して表
現したという点で、シューマンはシューベルトの一歩先をゆく。こ
の後奏部分は、ハイネの詩に対するシューマンの解釈を音にしたも
のである。その正否はともかくとして、目で読み理解する以上の詩
の深い意味を、私たちはシューマンの音楽によって与えられる。

シューマン歌曲集

ロベルト・シューマンとクララ・シューマン

ミルテの花　作品 25（1840 年）
(Myrten　op.25, 1840)

1. Widmung

Friedrich Rückert

Du meine Seele, du mein Herz,
Du meine Wonn', o du mein Schmerz,
Du meine Welt, in der ich lebe,
Mein Himmel du, darein ich schwebe,
O du mein Grab, in das hinab
Ich ewig meinen Kummer gab.
Du bist die Ruh, du bist der Frieden,
Du bist der Himmel mir beschieden.
Daß du mich liebst, macht mich mir wert,
Dein Blick hat mich vor mir verklärt,
Du hebst mich liebend über mich,
Mein guter Geist, mein beßres Ich!

1.　献呈

フリードリヒ・リュッケルト

君はぼくの魂、ぼくの心、
ぼくのよろこび、そして　悲しみ、
君はぼくの生きる世界そのもの、
ぼくの天国、君に抱かれてぼくは漂う、
ああ、君はぼくの墓、
そこにぼくの苦悩は葬り去った。
君はやすらぎ、そして平和、
君は天が授けてくれた人。
君の愛が　ぼくを高める、
君のまなざしが　ぼくを栄光の光で包み、
君の愛情が　ぼくを高く引き上げる、
君はぼくの天使、ぼくを超えたぼく！

7.   Die Lotosblume

Heinrich Heine

Die Lotosblume ängstigt
Sich vor der Sonne Pracht,
Und mit gesenktem Haupte
Erwartet sie träumend die Nacht.

Der Mond, der ist ihr Buhle,
Er weckt sie mit seinem Licht,
Und ihm entschleiert sie freundlich
Ihr frommes Blumengesicht.

Sie blüht und glüht und leuchtet,
Und starret stumm in die Höh;
Sie duftet und weinet und zittert
Vor Liebe und Liebesweh.

7.　蓮の花

ハインリヒ・ハイネ

まばゆいばかりの太陽に
蓮の花は　おびえている、
こうべをたれて　夢見つつ
夜の来るのを　待ち望む。

月こそは　蓮の恋人、
月かげに　呼び覚まされると、
やさしく　蓮は　ひらいて見せる
つつましい　おのが素顔を。

花は咲き　ほてり　かがやく、
無言でじっと　空を見つめ、
香りを放ち　身をふるわせて　涙する、
愛ゆえに、愛の切なさ　それゆえに。

24. Du bist wie eine Blume

Heinrich Heine

Du bist wie eine Blume,
So hold und schön und rein;
Ich schau dich an, und Wehmut
Schleicht mir ins Herz hinein.

Mir ist, als ob ich die Hände
Aufs Haupt dir legen sollt,
Betend, daß Gott dich erhalte
So rein und schön und hold.

24.　ひともとの花のような君

ハインリヒ・ハイネ

ひともとの花のような君
愛らしい　清らな乙女よ、
じっと君を見ていると　愁いが
ひそかにしのび入る　ぼくの胸に。

両手を君の頭の上に置き
神に祈りたくなる、
君の清らかさ　愛らしさが
どうかいつまでも失われませんようにと。

作品解説

1. Widmung
献呈

　クララとの長年の愛が実って1840年、ついにロベルト・シューマンはクララと結婚することになった。この年は「歌の年」と呼ばれ、おびただしい数のリートが生まれたことで知られる。ミルテとは、イタリアなど地中海沿岸の国々で見られる常緑の木である。清らかな白い花を星のように咲かせ、純潔の象徴として花嫁を飾る。このミルテの名を冠したツィクルスを、シューマンは結婚の祝いにクララに贈った。

　その冒頭を飾るリートは文字通りクララへの献呈であり、リュッケルトの詩も、その詩につけたリートも、愛する人を讃え、最良の伴侶を得た喜びにあふれている。

7. Die Lotosblume
蓮の花

　『歌の本』の「抒情挿曲」の中の1編である。蓮は当時のロマン派の、インドや東洋に対する憧れと異国趣味を反映している。

　月かげの中でひらく蓮の美しさ、月と蓮の愛の交感が描かれる。これほどまでに、官能的な美しさと繊細さに満ちた詩があっただろうか。第1連の „Pracht"、„Nacht"、第2連の „Licht"、„-gesicht" のささやくような音が、夜の神秘を表しているようだ。そして、第3連の1行目と3行目の „Und" を用いて動詞が重ねら

れてゆく表現の中に、蓮の花の月に寄せる純な心と切ない思いが伝わってくる。しかし、どんなに月に愛を捧げようと、花は月に近づくことはできず、月と結ばれることはない。シューマンのリートは、この詩の繊細な美しさと官能性、そして哀しみを見事に音に写し取っている。

24.　Du bist wie eine Blume
　　ひともとの花のような君

『歌の本』の中の「帰郷」の1編である。とある貧しくも心の無垢なユダヤ人の少女がこの詩のモデルになっていると言われている。

　少女の美しさを花にたとえてほめたたえ、その美しさに感動する心が宗教的な感情にまで高められている。愁いが胸にしのび入るのは、乙女の美しさが永遠に続くものではないことを意識しているからだろう。それが失われやすいものであることを知っているからこそ、詩人は祈りたくなるのである。人が乙女の頭の上に手を置き祈る様子は、ラビ（ユダヤ教の宗教的指導者）か神父が信者の頭の上に手を置いて祝福する様子を連想させる。

　簡潔さ、さりげなく書かれているようで実は選び抜かれ考え抜かれた言葉の選択、韻律の美しさに心を惹かれる。少女の純粋な美しさをこれほど見事に表現した詩を、私はほかに知らない。簡素で、しかも憧憬に満ちたメロディーが詩にやさしく寄り添い、その美しさを引き立てている。

　シューマンの作曲以外にも、222回以上作曲され、19世紀においてこの詩ほど付曲回数の多いものは見当たらないと言われている。

アイヒェンドルフの詩によるシューマン歌曲集

Joseph Freiherr von Eichendorff.

ヨーゼフ・フォン・アイヒェンドルフ

リーダー・クライス　作品 39（1840 年）
（Liederkreis op.39, 1840）

1. In der Fremde

Aus der Heimat hinter den Blitzen rot
Da kommen die Wolken her,
Aber Vater und Mutter sind lange tot,
Es kennt mich dort keiner mehr.
Wie bald, wie bald kommt die stille Zeit,
Da ruhe ich auch, und über mir
Rauschet die schöne Waldeinsamkeit
Und keiner mehr kennt mich auch hier.

2. Intermezzo

Dein Bildnis wunderselig
Hab ich im Herzensgrund,
Das sieht so frisch und fröhlich
Mich an zu jeder Stund.

Mein Herz still in sich singet
Ein altes, schönes Lied,
Das in die Luft sich schwinget
Und zu dir eilig zieht.

1.　異郷で

稲妻の赤く光る　その向こう
ふるさとの空から雲が流れくる、
けれど　わたしの父母(ちちはは)は　とうの昔にこの世を去った、
ふるさとに　わたしを知る者は　もう　いない。
もうすぐだ、もうすぐ　静かなときが　やってくる、
そのときは　わたしも　やすらう、
頭上では　美しい、森の孤独が　さやさやと鳴る
ここにも　わたしを知る者は　もう　いない。

2.　間奏曲

ぼくの胸の奥深く
君の妙なる姿が宿る、
生き生きと　晴れやかに
いつも　ぼくを見守っている。

ぼくは　心の中で口ずさむ
昔の美しい歌の一節(ひとふし)、
歌は空に舞い上がり
君をめざして　馳せてゆく。

5. Mondnacht

Es war, als hätt der Himmel
Die Erde still geküßt,
Daß sie im Blütenschimmer
Von ihm nun träumen müßt.

Die Luft ging durch die Felder,
Die Ähren wogten sacht,
Es rauschten leis die Wälder,
So sternklar war die Nacht.

Und meine Seele spannte
Weit ihre Flügel aus,
Flog durch die stillen Lande,
Als flöge sie nach Haus.

5.　月夜

大空が　大地にそっと
口づけしたかのようだった、
花の明かりにほのめいて　大地は
夢を見ずにはいられない　空の姿を。

そよ風が　野づらをわたった、
ざわざわと　波打つ麦の穂、
さやさやと　そよぐ森の木、
星明かり　まことにさやかな夜だった。

そして今　わたしの心は広々と
両の翼をいっぱいに張り、
静かな地の上を飛んでいく、
魂が　我が家へ帰ってゆくように。

6. Schöne Fremde

Es rauschen die Wipfel und schauern,
Als machten zu dieser Stund
Um die halbversunkenen Mauern
Die alten Götter die Rund.

Hier hinter der Myrtenbäumen
In heimlich dämmernder Pracht,
Was sprichst du wirr wie in Träumen
Zu mir, phantastische Nacht?

Es funkeln auf mich alle Sterne
Mit glühendem Liebesblick,
Es redet trunken die Ferne
Wie von künftigem großen Glück! —

6.　美しき異郷

木々の梢がざわめき　ふるえる、
その様は　まるで
崩れかけた城壁を
いにしえの神々が　ひとめぐりするときのよう。

ここ、ミルテの木々にひそみ
ひそやかに　暮れてゆきつつ、
おまえは何をわたしに語るのか、
うるわしい神秘の夜よ、夢の中のうわごとのように。

満天の星　輝いて
燃えるような愛をこめて　わたしを見つめる、
酔いしれて　かなたから告げているのか、
大きな幸せが　来るとでも言うように。

9. Wehmut

Ich kann wohl manchmal singen,
Als ob ich fröhlich sei,
Doch heimlich Tränen dringen,
Da wird das Herz mir frei.

So lassen Nachtigallen,
Spielt draußen Frühlingsluft,
Der Sehnsucht Lied erschallen,
Aus ihres Käfigts Gruft.

Da lauschen alle Herzen,
Und alles ist erfreut,
Doch keiner fühlt die Schmerzen,
Im Lied das tiefe Leid.

9.　悲しみ

時には陽気にふるまって
歌うこともできるけれど、
人知れず　涙がこみ上げ、
ぼくの心を　ときほぐす。

春風にさそわれて
ナイチンゲールの声が響く、
とらわれの深き淵より
あこがれの歌を　歌っている。

すると　だれもが耳傾けて、
こぞって喜ぶ、
でも　だれもこの悲しみに気づかない、
歌にこめられた深い悩みに。

10. Zwielicht

Dämmrung will die Flügel spreiten,
Schaurig rühren sich die Bäume,
Wolken ziehn wie schwere Träume –
Was will dieses Graun bedeuten?

Hast ein Reh du, lieb vor andern,
Laß es nicht alleine grasen,
Jäger ziehn im Wald und blasen,
Stimmen hin und wieder wandern.

Hast du einen Freund hienieden,
Trau ihm nicht zu dieser Stunde,
Freundlich wohl mit Aug und Munde,
Sinnt er Krieg im tückschen Frieden.

Was heut müde gehet unter,
Hebt sich morgen neugeboren.
Manches bleibt in Nacht verloren –
Hüte dich, bleib wach und munter!

10.　たそがれ

夕暮れが翼を広げようとすると、
木々はおびえて　身を震わせる、
重苦しい夢のように　雲が流れる－
この不気味さは　何だろう？

君にお気に入りの鹿がいるならば、
一頭で草を食<ruby>食<rt>は</rt></ruby>むにまかせるな、
森をゆく狩人たちが角笛を吹く、
そこかしこ　呼びかう声が　こだまする。

この世に友と呼べる者がいるならば、
たそがれどきには　心を許すな、
目と口は親しげで　平和を装っていながらも、
心の中では　戦いをたくらんでいる。

今日　疲れ果て　倒れるものも、
あしたには　立ち上がり　また　よみがえる。
だが　夜には　失われていくものも多いのだ－
心せよ、眠らずにいて　快活であれ！

12. Frühlingsnacht

Übern Garten durch die Lüfte
Hört ich Wandervögel ziehn,
Das bedeutet Frühlingsdüfte,
Unten fängts schon an zu blühn.

Jauchzen möcht ich, möchte weinen,
Ist mirs doch, als könnts nicht sein!
Alte Wunder wieder scheinen
Mit dem Mondesglanz herein.

Und der Mond, die Sterne sagens,
Und im Träumen rauschts der Hain,
Und die Nachtigallen schlagens:
Sie ist Deine, sie ist dein!

12.　春の夜

庭の上を　空高く
渡ってゆく　旅鳥の声を聞いた、
かぐわしい　春のたよりを届ける声を。
地上では　早くも花が　咲きそめる。

よろこびに　声を上げたい、そして　泣きたい、
こんなことがあろうとは！
昔の奇跡が　よみがえり
月影とともに　心を照らす。

月と星の　語ることば、
夢見心地の　森のざわめき、
ナイチンゲールの　歌う声が　ぼくに告げる、
あの娘は君のもの、あの娘は君のもの！

作品解説

1. In der Fremde
異郷で

　後期ロマン派を代表する詩人アイヒェンドルフ（Joseph Freiherr von Eichendorff, 1788-1857）はオーバーシュレージエン（現在ポーランド領）の古い貴族の家に生まれた。生涯を通じて、ふるさとと父母の住まいであり自分の生家であったルボーヴィツの城へのやみがたい郷愁を胸に抱いて生きた。

　城の前庭からは、谷間をゆるやかに流れるオーデル川が、そして、ブナの梢越しには遠くカルパチア山脈の青い山々が見渡せた。少年アイヒェンドルフは、オーデル川を見おろす崖の上に立つ梨の木にのぼっては、メルヘンや伝説、マティアス・クラウディウス（Matthias Claudius, 1740-1815）の詩に読みふけっていたという。

　17歳の時にアイヒェンドルフはハレ大学で勉強するために故郷を後にし、続いてハイデルベルク大学で法学を勉強する。パリやウィーンなどへ旅をし、見聞を広め、21歳の時にはベルリン滞在中にロマン派の詩人アルニム（Achim von Arnim, 1781-1831）やブレンターノ（Clemens Brentano, 1778-1842）らの知遇を得て文学的影響を受けた。

　その頃から小説や詩の執筆を続けつつ、27歳の時にはベルリンで官吏となる。同じ年、ルボーヴィツ近隣の貴族の娘ルイーゼ・フォン・ラーリッシュ（Luise von Larisch, 1792-1855）と結婚し、その後ダンツィヒに移住、公僕として働く。その間、1818年30歳の時には父が死に、続いて1822年34歳の時には母が死んだ。そ

れと同時に、ルボーヴィツの城も売り渡され、他人の手に渡ってしまった。こうして、アイヒェンドルフは少年時代を過ごしたなつかしい故郷と生家とを、父母とともに喪ったのである。

　この詩において、「わたし」は、故郷から遠く離れた異郷で孤独を感じている。「故郷」（Heimat）とは、ただ父母の住んでいた場所というだけでなく、両親に守られて平和のうちに過ごすことのできた少年の頃の古き良き時代をも意味しているだろう。

　その故郷と異郷を赤い稲妻が隔てる。稲妻とは、フランス革命とそれに続くナポレオン戦争など、アイヒェンドルフの生きた時代に社会に生じた激動を象徴しているように思われる。あちらとこちらを結ぶものとして、雲だけは向こうからこちらに流れてくる。しかし、やすらぎに満ちているはずの向こうの故郷ではすでに両親が亡くなって久しく、わたしを知る者もいない。つまり、故郷に帰ったとしても、そこもすでに異郷なのであり、何の屈託もなく過ごした少年時代には二度と戻ることができないのである。

　孤独にさいなまれつつ、「わたし」は故郷への憧れからあの世への憧れに心を移す。森はずっとざわめき、「わたし」がどこに行っても一人であることを告げている。

　「森の孤独」（„Waldeinsamkeit“）という言葉は、ロマン派の詩人ティーク（Ludwig Tieck, 1773-1853）が 1797 年、最初に自作の詩の中で使い、それ以来、この言葉はロマン派の詩人たちの間で合言葉となった。

　アイヒェンドルフは 1847 年、ウィーン滞在中にシューマン夫妻と知り合い、自らの詩にシューマンが作曲したリートを鑑賞する機会に恵まれた。その折、アイヒェンドルフは「ロベルトが私の詩に命を与えてくれました」とクララに語り、それに対してクララは「あなたの詩こそが作曲に命を与えたのです」と答えたという。

2. Intermezzo
   間奏曲

　恋をしているとき、私たちはたとえ愛する人に会えなくても、その人のことを想い、その面影を心に描く。そうして、いとしい人への想いは胸からあふれて歌となり、かの人のもとへと飛んでゆく。

　アイヒェンドルフの詩に、ロベルト・シューマンのクララへの想いが共振してこのリートが生まれたに違いない。胸に満ちる憧れがあふれ出して、このような詩が生まれ、そして、このようなリートが誕生したのである。

5. Mondnacht
   月夜

　この詩の成立は 1835 年。ロマン派の精華とも言うべきこの有名な詩には、私たちがロマン派から連想するすべての要素がある。夜、月、星、花、森のささやき、我が家―これらは、繰り返しロマン派の詩人たちが歌ってきた重要なモチーフである。

　第 1 連では、空と大地がひとつに溶け合うかのような、曖昧模糊とした幻想的な風景が描き出される。男性名詞である大空を男性に、女性名詞である大地を女性に見立てて、大空が大地にキスし、それゆえに大地は大空のことを夢想せずにはいられなくなる、という描き方からはエロティックな香りと同時に異教的な雰囲気が漂う。

　2 連目では、そよ風とともに麦の穂の波打つ音、木のささやく音が一層ロマンティックな気分を盛り上げる。夜と言っても、星の明かりで辺りは真っ暗闇というわけではなかったのだろう。ほのかに麦の穂も木の枝の揺れる様も見えるようだ。また、「月夜」という

題名からも推測されるように、月の明かりが大地を照らし、花々が
微光を放っているようである。

　月明かり、星明かりの中でこんな美しい風景を見ているうちに、
詩人の心は憧れでいっぱいに満たされる。彼もこの自然と一体と
なり、鳥のように飛んでゆきたいのだ。一体どこへ？　「我が家へ
帰ってゆくように」と、ここでも詩人は曖昧な表現を使っている。
我が家とは心のふるさとと呼べる所、詩人が愛してやまなかった故
郷シュレージエンの生まれ育ったルボーヴィツの城のことかもしれ
ない。あるいは、愛する父母のやすらう天の国であるのかもしれな
い。今は人手に渡ってしまった家郷への憧れ、神の国への憧れを胸
に秘め、詩人の魂はどこまでも飛んでゆく。「両の翼をいっぱいに
張り」ということばで、詩を読んでいる私たちの心まで広くなり、
詩人と共に飛んでゆくような心持ちがしてくる。空と大地、人と自
然、そして詩人と私たちまでがひとつに溶け合うような、不思議な
美しさに魅了される。

　文学評論家ボールマン（Alexander Bormann, 1936-2009）は、この
詩について極めて芸術的・技巧的につくられたものであると述べ、
第 1 連の「花の明かり」は春を、第 2 連の「麦の穂」は夏を、第 3
連のふるさとへ帰ってゆく鳥は秋を象徴していると説明している。
つまり、「月夜」は単なる自然描写を超え、人の一生を象徴するも
のとして描かれているのである。

　ピアノの左手伴奏に時折現れる E（＝「ミ」の音）—H（＝「シ」
の音）—E（「ミ」）は „Ehe"（「結婚」）を表していると言われてい
る。このリートがつくられた 1840 年、ロベルト・シューマンは幾
多の困難を乗り越え、クララ・ヴィークと結婚した。天と地が合体
しひとつになる、というこの詩に、シューマンは自らの恋の結実を
重ね合わせたことだろう。

6. Schöne Fremde
美しき異郷

　第1連は怪しげで幻想的な雰囲気を漂わせる。「崩れかけた城壁」、「いにしえの神々」、「ミルテの木々」という言葉は、古代ローマを連想させる。日中に見る森とは違って、夜見る森は不気味な恐ろしさに満ちている。アイヒェンドルフの詩は聴覚に訴えてくるものが多く、中でも、森は絶えず詩の中でささやいている。

　異教的な森のざわめきの中で、星の光はあくまで明朗に輝き、幸福の到来というメッセージを「わたし」に伝える。愛の予感が「わたし」をとらえる。

9. Wehmut
悲しみ

　「ぼく」は失恋したのか、あるいは報われぬ恋に悩んでいるらしい。ナイチンゲールの歌う歌にさえ、春が来た喜びではなく、深い悲しみがこもっているように聞こえてしまう。

　第2連4行目の „Käfigts" はシューマンのリートでは „Kerkers" となっている。

10. Zwielicht
たそがれ

　ロマン派の名にふさわしく、数多くのロマンティックな詩を書いたアイヒェンドルフの詩の中でも、これはいささか特異なものである。

　愛らしくも臆病なノロ鹿（Reh）は女性や恋人の象徴として描かれているのだろう。恋人は他人に奪われ、信頼していた友には裏切られる。どちらもたそがれどきが危ないと言うのである。何が真実か見えなくなる、不確かであやしい時間がたそがれどきというわけか。そうして、夜には失われていくものが多い。だから、私たちは油断せず、目を覚ましていなければならない、いつも快活でいなければならない、と詩人は警告を発している。

　「従って、ほかの人々のように眠っていないで、目を覚まし、身を慎んでいましょう。」（テサロニケの信徒への手紙一5章6節）という聖書の言葉も想起される。

　たそがれどきとは、気弱になったり、悲観的になったりする私たちの心のありようを象徴的に表しているのではないだろうか。そんな時、心の隙間に邪念が入りこむ。恋人や友人に対する疑いや不信感、嫉妬心などがしのび寄り、それがもとで私たちは大切なものを失ってしまうことがある。

　愛情や友情を守るためには、気をつけて冷静に相手を見守る必要がある。そして、それだけではなく、私たち自身もほがらかでいなければならないのだろう。

　この詩につけたシューマンのリートも、これまでのロマンティックな美しさとは一線を画し、不穏な響きを奏でている。

12. Frühlingsnacht
　　春の夜

　出だしからいきなり私たちの視線は空に引き上げられ、私たちの耳は渡り鳥の声を聞く。春になるとやって来る鳥たちの鳴く声である。地上に視線を落とすと、もう花が咲き始めている。

視線が上下に動くように、詩人の心は喜びと悲しみの間を行き来する。上がり下がりの激しいメロディーが詩人の興奮を伝えている。

　思い出すのは昔の思い出、かつての恋人のことである。森羅万象が一斉に告げることばは「あの娘は君のもの」。シューマンにとって、このことばはまさに「クララはぼくのもの」を意味したことだろう。この曲集のフィナーレを飾るにふさわしく、ほとばしる歓喜に満ちたメロディーが、心臓の鼓動を伝えるようなピアノ伴奏とともに一気に駆けぬけてゆく。

メーリケの詩によるヴォルフ歌曲集（1888 年）

Lieder nach Texten von Eduard Mörike　1888

エドゥアルト・メーリケ

6. Er ist's!

Frühling läßt sein blaues Band
Wieder flattern durch die Lüfte;
Süße, wohlbekannte Düfte
Streifen ahnungsvoll das Land.
Veilchen träumen schon,
Wollen balde kommen.
— Horch, von fern ein leiser Harfenton!
Frühling, ja du bist's!
Dich hab ich vernommen!

6.　春だ

春が来る　そよ吹く風に
青いリボンを　たなびかせ、
なつかしい　甘い香りに
大地はにおう　胸ときめかせ。
すみれは早くも　夢を見る、
花　ほころびるのも　近いだろう。
——ほら、遠くから　かすかに聞こえる　竪琴の音が！
春よ、おまえだね！
おまえの声を　ぼくは聞いたよ！

7. Das verlassene Mägdlein

Früh, wann die Hähne krähn,
Eh' die Sternlein verschwinden,
Muß ich am Herde stehn,
Muß Feuer zünden.

Schön ist der Flammen Schein,
Es springen die Funken;
Ich schaue so drein,
In Leid versunken.

Plötzlich, da kommt es mir,
Treuloser Knabe,
Daß ich die Nacht von dir
Geträumet habe.

Träne auf Träne dann
Stürzet hernieder;
So kommt der Tag heran —
O ging' er wieder!

7. 捨てられた娘

朝まだき　にわとりが　時つくる頃、
空の星も　消えないうちに、
かまどに立って、
火をおこすのが　わたしのつとめ。

あかあかと　燃ゆる炎、
ぱちぱちと　火の粉が飛び散る。
そのさまを　じっと見つめる、
悲しみに　うち沈んで。

そのとき　ふいに思い出す、
不実な若者のこと、
ゆうべ　あなたを
夢で見たこと。

はらはらと　涙が
こぼれて　止まらない。
こうして　始まる　一日が——
こんな日　すぐまた　過ぎてしまえばいい！

12. Verborgenheit

Laß, o Welt, o laß mich sein!
Locket nicht mit Liebesgaben,
Laßt dies Herz alleine haben
Seine Wonne, seine Pein!

Was ich traure, weiß ich nicht,
Es ist unbekanntes Wehe;
Immerdar durch Tränen sehe
Ich der Sonne liebes Licht.

Oft bin ich mir kaum bewußt,
Und die helle Freude zücket
Durch die Schwere, so mich drücket
Wonniglich in meiner Brust.

Laß, o Welt, o laß mich sein!
Locket nicht mit Liebesgaben,
Laßt dies Herz alleine haben
Seine Wonne, seine Pein!

12. 秘めた思い

そっとしておいてほしいのだ！
愛の贈り物などで惑わさないで、
この心は　わたしのもの
その喜びも、また　苦しみも！

なぜ悲しいのか、わからない、
たとえようもない　この辛さ、
涙でにじんで見えるのは
日の光のいとおしさ。

時に　自分でも知らぬまま、
わきおこる　晴れやかな喜び
わたしをさいなむ苦悩を貫き、
歓喜にあふれ　胸にさしこむ。

そっとしておいてほしいのだ！
愛の贈り物などで惑わさないで、
この心は　わたしのもの
その喜びも、また　苦しみも！

13.   Im Frühling

Hier lieg ich auf dem Frühlingshügel:
Die Wolke wird mein Flügel,
Ein Vogel fliegt mir voraus.
Ach, sag' mir, all-einzige Liebe
Wo du bleibst, daß ich bei dir bliebe!
Doch du und die Lüfte, ihr habt kein Haus.
Der Sonnenblume gleich steht mein Gemüte offen,
Sehnend,
Sich dehnend
In Lieben und Hoffen.
Frühling, was bist du gewillt?
Wann werd ich gestillt?

Die Wolke seh ich wandeln und den Fluß,
Es dringt der Sonne goldner Kuß
Mir tief bis ins Geblüt hinein;
Die Augen, wunderbar berauschet,
Tun, als schliefen sie ein,
Nur noch das Ohr dem Ton der Biene lauschet.

Ich denke dies und denke das,
Ich sehne mich und weiß nicht recht, nach was:
Halb ist es Lust, halb ist es Klage;
Mein Herz, o sage,

13. 春に

こうして　春の丘に寝ていると、
雲がぼくの翼となって、
一羽の鳥を追ってゆく。
ただひとつの愛よ、教えておくれ
おまえの居場所を、ぼくも　ともに　いられたら！
けれど　おまえと風には　住む家がない。
ひまわりの花のように　ぼくの心は開いている、
憧れながら
広がりながら
愛と希望を胸に抱き。
春よ、おまえは何がしたい？
いつになれば　ぼくの心はしずまるのか？

雲が漂い、川が流れる、
太陽の黄金色（こがね）に燃える口づけが
ぼくの血潮に　深くしみ込む。
目は　陶然と酔いしれて、
眠りに落ちんばかり、
耳だけが　蜂の羽音を聞いている。

ぼくは　あれを思い　これを思い、
何にとも知れず　憧れる、
なかばはよろこび、なかばは嘆きだ。
ぼくの心よ、教えておくれ、

Was webst du für Erinnerung
In golden grüner Zweige Dämmerung?
— Alte unnennbare Tage!

金に輝く緑の枝の暗がりで
おまえは　どんな思い出を織っているのか？
──言い尽くせぬ　遠い日々よ！

17. Der Gärtner

Auf ihrem Leibrößlein,
So weiß wie der Schnee,
Die schönste Prinzessin
Reit't durch die Allee.

Der Weg, den das Rößlein
Hintanzet so hold,
Der Sand, den ich streute,
Er blinket wie Gold.

Du rosenfarbs Hütlein,
Wohl auf und wohl ab,
O wirf eine Feder
Verstohlen herab!

Und willst du dagegen
Eine Blüte von mir,
Nimm tausend für eine,
Nimm alle dafür!

17.　庭師

雪のように真っ白な
愛馬にまたがり
うるわしい王女様が
やって来る、並木を通り。

足どりも愛らしく　踊るように
馬はゆく、その道に、
ぼくがまいた砂が
光る、きらきらと。

上へ下へと揺れている
薔薇色の小さな帽子よ、
羽根飾りを　どうかひとつ
こっそり投げてくれないか。

お返しに　ぼくから
一輪の花　お望みならば、
千の花を　あなたにあげよう、
ひとつ残らず　あなたにあげよう。

23.   Auf ein altes Bild

In grüner Landschaft Sommerflor,
Bei kühlem Wasser, Schilf und Rohr,
Schau, wie das Knäblein Sündelos
Frei spielet auf der Jungfrau Schoß!
Und dort im Walde wonnesam,
Ach, grünet schon des Kreuzes Stamm!

28.   Gebet

Herr! schicke, was du willt,
Ein Liebes oder Leides;
Ich bin vergnügt, daß beides
Aus Deinen Händen quillt.

Wollest mit Freuden
Und wollest mit Leiden
Mich nicht überschütten!
Doch in der Mitten
Liegt holdes Bescheiden.

23. 古い絵に寄せて

夏の盛りの　したたる緑に包まれて、
葦（よし）　生い茂る涼やかな水のほとりで、
見よ、聖母のひざに抱（いだ）かれて
無心にたわむれる　けがれなき子の姿！
そして　向こうの森では　歓喜に満ちて、
早くも伸び始める　十字架の木！

28. 祈り

主よ、何なりと与えたまえ、
愛であれ、苦しみであれ。
よろこんで受け入れましょう、
すべては主の御手（みて）から出づるもの。

願わくは
喜びであれ 苦しみであれ
控えめに賜らんことを！
ほどよくてこそ
良きつつしみもあるのです。

53. Abschied

Unangeklopft ein Herr tritt abends bei mir ein:
»Ich habe die Ehr, Ihr Rezensent zu sein.«
Sofort nimmt er das Licht in die Hand,
Besieht lang meinen Schatten an der Wand,
Rückt nah und fern: »Nun, lieber junger Mann,
Sehn Sie doch gefälligst mal Ihre Nas' so von der Seite an!
Sie geben zu, daß das ein Auswuchs is. «
— Das? Alle Wetter — gewiß!
Ei Hasen! ich dachte nicht,
All mein Lebtage nicht,
Daß ich so eine Weltnase führt' im Gesicht!!

Der Mann sprach noch Verschiednes hin und her,
Ich weiß, auf meine Ehre, nicht mehr;
Meinte vielleicht, ich sollt' ihm beichten.
Zuletzt stand er auf, ich tat ihm leuchten.
Wie wir nun an der Treppe sind,
Da geb' ich ihm, ganz froh gesinnt,
Einen kleinen Tritt
Nur so von hinten aufs Gesäße mit —
Alle Hagel! ward das ein Gerumpel,
Ein Gepurzel, ein Gehumpel!
Dergleichen hab' ich nie gesehn,

53.　さらば

ある晩ノックもせずに　紳士がおれの部屋に入ってきた。
「おそれながら、わたくしはあなた様の批評家です。」
言うが早いか　明かりを手にとり、
壁に映ったおれの影を　しげしげと、
遠目に近目に　眺めて言った、「お若いの、
失礼ながら　貴殿の鼻を　ちょっと横からご覧あれ。
こぶのように　突き出ているのが　おわかりかな。」
これはしたり、本当に！
何たることだ、気づかなかった、
生まれてこのかた　知らなかった、
こんなたいそうな鼻、顔につけていたなんて！

あれやこれやと　男はしゃべり続けたが、
もう金輪際思い出せない、
おおかた　おれに懺悔でもさせたかったんだろう。
ようやく男は腰を上げ、おれは奴の足元を照らしてやった。
階段の上まで来ると、
批評家を　何の悪気なく
ちょっとひとけり、
後ろから　お尻を押した——
あれまあ、すると、がらがら、
どたどた、どしーんと相来た！
何てざまだ、あんなざま、

All mein Lebtage nicht gesehn,

Einen Menschen so rasch die Trepp' hinabgehn!

メーリケの詩によるヴォルフ歌曲集（1888 年）

生まれてこのかた　見たことがない、
これほどの勢いで　人間が　階段を転がり落ちてゆくなんて！

作品解説

6. Er ist's !
　　春だ

　ドイツに春をうたった詩は数え切れないほどあるが、メーリケ
(Eduard Mörike, 1804-1875) のこの詩ほど、春が来たよろこびを純
粋に生き生きとうたった詩はないのではないか。この詩をそらんじ
ることのできるドイツ人も少なくないと言われるほど人口に膾炙<ruby>膾炙<rt>かいしゃ</rt></ruby>
し、口誦に適している。

　強弱の軽快なリズムにのって、春の姿が驚くべき具象性をもっ
て描かれる。原詩のはずむような律動と音の響きの美しさを少し
でも日本語に再現したいと願い（そうでなければ、この詩の魅力の半
分は失われたままだ）、原文の意味を損なわない範囲で、音節数を整
えることと、最後の音韻をそろえることによって、音の美しさが感
じられるように心を砕いた。けれども、原文に何度も出てくる [f]
の音（Frühling, flattern, Lüfte, Düfte, streifen, Veilchen, fern, Harfenton,
vernommen）を日本語の訳詩に移し変えることはできなかった。
[f] の音は、まるで春の息吹きのように軽やかでひそやかで美しい
音なのだが。

　最初の二行で、私たちは真先に春の青いリボンを目にする。「青
いリボン」とは何とすてきな表現だろうか。青いリボンに私は春の
青い空をイメージする。春が来て、冬の陰鬱な灰色の空が徐々に
青に塗り変えられてゆく、そんな光景を想像する。何と言ってもド
イツの空は暗いのだ。十月から四月まで太陽はどこへいってしまっ
たかと思うような曇天が来る日も来る日も続く。再び仰ぎ見る青空

に、詩人は何よりも強く春の到来を感じたに違いない。

　そしてもうひとつ、私が「青いリボン」から連想するもの、それはメイポール（Maibaum）につけられたリボンである。メイポールとは、春を祝って五月一日に立てられる木の棒のことで、このポールの周りをリボンを手にとって男女のペアがダンスを踊ると、リボンが編まれてゆき、最後には見事なリボンの綾模様が完成する。

　メイポールのリボンは青に限らず、いろいろな色があるらしい。したがって、メーリケが「青いリボン」にどんな意味をこめていたかは定かではないが、私は「青いリボン」に春の青い空とメイポールのリボンを連想して、この詩を楽しんでいる。

　青いリボンの次に出てくる春の知らせは「なつかしい　甘い香り」だ。花はまだ咲いていない。それでも、寒気が緩み雪が溶けると、風にのって漂ってくる香りがある。土の匂い、木々の芽吹きの匂いだろうか。もうすぐ花が咲く、木の芽が出る、ということを予感させる匂いである。

　ドイツの人々にとって、春の到来を何よりもよく象徴する花であるすみれが咲くのも、もうじきである。

　あらゆる感覚を動員して、青いリボンを見、春の匂いをかぎ、すみれの開花を予感した詩人は、今度は遠くから繊細で華麗な竪琴の音、まさに春の足音を聞く。ここに至って春の到来は予感ではなく、確かな実感へと変わる。詩人は感極まって叫ばずにはいられない。「春よ、おまえだね！」と。

　この詩で春は一貫して擬人法を用いて描かれる。春が青いリボンをたなびかせ、甘い香りを運んでくる。そして、春は竪琴の音を響かせて遠くからこちらに向かって歩いてくる。詩人はその春を迎えて、最後の２行では直接春に向かって「おまえ」と呼びかけるのである。

メーリケと作曲家フーゴー・ヴォルフ（Hugo Wolf, 1860-1903）との関係は切っても切れないものがある。シューベルト、シューマンに並ぶドイツ・リートの大家ヴォルフの主要作品の作曲は、実にこのメーリケ歌曲集から始まった。彼の詩を読んで霊感を得たヴォルフは憑かれたように次から次へと作曲し、1888年の1年足らずのうちにメーリケの詩に53曲もの曲をつけた。ヴォルフがメーリケに作曲しなかったら、メーリケの詩は今ほど読まれていなかっただろうと言われるほどであり、ヴォルフはメーリケには縁遠かった人にまで彼の詩を届けることに功があった。

　詩人についても簡単に触れておこう。メーリケはシュヴァーベン（南西ドイツ）の小都市に生まれ、かつてヘルダーリンも学んだテュービンゲン大学の神学部で神学を学び牧師の職に就いた。しかし、常に聖職から解放されることを望み、しばしば休暇を願い出たり、日曜の説教を副牧師に任せたりするなどして、自らは小説や詩の執筆にいそしむ日々を送った。

　39歳で牧師をやめた後、シュトゥットガルトで女学校の講師の職を得ると、創作活動は活発になり、『旅の日のモーツァルト』などの小説や童話、数々の美しい抒情詩を発表した。次第に名声も高まるが、晩年は鬱症状に悩まされ、ごく親しい限られた交友関係の中で、隠遁した生活を送るようになる。生涯シュヴァーベンから出ることもなく、外面的には起伏の少ない、静かで内にこもった生涯だった。

　繊細な感覚と生き生きとイメージ豊かな言語表現、典雅な形式と明るく素朴な民謡調の詩は、今も人々に愛され、読まれ続けている。

7. Das verlassene Mägdlein
捨てられた娘

　4行ずつ4連から成るこの詩は、1行目と3行目、2行目と4行目が交互に韻を踏み、形式的には素朴な民謡そのものである。

　娘は夜の明けきらぬ早朝から、ひとり起きてかまどに火を起こさねばならない。それが彼女の毎朝の務めだとすると、彼女は召使いか奉公人のような立場にある者のようである。勢いよく火は燃えさかるのに、その火の明るさと相反するように少女の心は悲しみにうち沈む。

　手を動かして働いているときは忘れていても、少しでも手があくと、彼のことを思い出さずにはいられない。昨晩も彼のことを夢に見た。彼のことを思うと涙がこみ上げてくる。こんな一日など過ぎてしまえばいいのに、と思う。普通なら、夜が明けて朝が来ることは希望なのに、それより夜が明けないままの方がいいと思うのである。寝ていれば、夢で彼に会えるかもしれないが、彼に会えないなら生きている甲斐がないからである。救いようのない暗さと重苦しさに、読む者はうなだれるしかない。

　この詩では、詩人は娘である「わたし」を主語にして「わたし」の動作や気持ちを描いている。その語り口があまりに淡々としているせいだろうか、あたかも、第三者が外から見た情景を描写しているかのように感じられる。あまりの悲しみに感覚や感情さえ麻痺してしまったかのようである。

　しかし、最終行に至り、突如として彼女の本心の発露がある（„O ging' er wieder!"「こんな日　すぐまた　過ぎてしまえばいい！」）。その表現の激しさが胸を打つ。

12. Verborgenheit
秘めた思い

　メーリケがこの詩を書いたのは28歳の時だった。文筆で身を立てることを願い、聖職から離れることを切望しつつ、それがかなわぬ中で婚約者ルイーゼ・ラウとの婚約も解消された頃だった。

　この詩の中で詩人は心の中に喜びと苦しみを抱えている。涙でにじんだ目で日の光の明るさを見、苦悩を貫いて歓喜がさしこむ、つまり、喜びと苦しみという相反する感情が同時に心の中に溶け合い、並存しているのである。人の心は何と矛盾に満ちたものか。

　同じことばの繰り返し（,,Laß"、,,laßt"、,,seine"）とリフレイン（第1連と第4連）、トロヘーウス（強弱）の思いつめたような切実な響きが、この詩を一度聞いたら忘れられない印象的なものとしている。

13. Im Frühling
春に

　ゲーテの「ガニュメート」を彷彿とさせるような汎神論的な世界が描かれる。しかし、ガニュメートが上へ上へとのぼってゆき、天の父に抱かれる喜びで恍惚となるのに対し、この詩の「ぼく」は春に憧れ、自然と一体になることを切望しつつも、完全に一体化することはできないようである。春と一体になりたくても、唯一の愛に憧れ迎え入れられたくても、春も愛も「住む家がない」。したがって、ぼくはガニュメートのように自然のふところに抱かれることはないのである。

　相反するものの並存が目立つ詩である。丘の上に横たわったまま、体は一歩も動かさないのに、心のうちではいろいろな思いが

渦巻いている。降り注ぐ春の日は体の中深くまでしみ通り、目は陶
然として閉じられているのに、耳だけは冴えていて蜂の羽音を聞い
ている。体と意識が遊離したまま、どこまでも平行線をたどってい
る。そうして、憧れに心が満たされるが、その対象はわからず、心
のうちに喜びと悲しみが交錯する。

　明るい春の光はいつの間にか „Dämmerung"（薄暗がり）のことば
が示すように、夕暮れになったかのようにかげりを帯び、現在の中
に過去が入り込む。そうして最後に思い出すのは、昔の幸福だった
思い出である。春ののどかさと憧れに、憂いと哀しみが入り混じる。

17.　Der Gärtner
　　庭師

　メーリケは多くの妖精物語を書いたが、詩においても昔の民謡を
思い出させるかわいらしい小品を、すばらしい音の響きにのせて書
いている。その簡潔で生き生きとした調子を日本語に生かそうと思
えば、翻訳者としては奮起せずにはいられない。この詩に添えられ
たヴォルフの曲も、楽しく愛らしい美しさに満ちている。

23.　Auf ein altes Bild
　　古い絵に寄せて

　こんな絵をかつてどこかで見たことがある、とだれもが思うので
はないだろうか。ルネサンスの絵画を集めた画集を繰れば、聖母マ
リアに抱かれるイエスの姿を描いた絵は数多く散見される。

　その平凡と言ってもいいモチーフの中で詩人が注目するのは、聖
母でもイエスでもなく、背景に描かれた何でもない一本の若木であ

る。母と子の平和に満ちた図柄の中に、子の運命を示す木が示されている。

しかも、その木はイエスの受難と死を予言する木であるにもかかわらず、„wonnesam"（「歓喜に満ちて」）伸び始めている。十字架の死を通しイエスが人々の救世主となることを、森の木は知っている。自分が、そのイエスが担い礎となる十字架の材料となること、自分に課せられることになる重大な役割を、森の木は自覚しているのである。

詩の内容にふさわしく、ヴォルフのリートは古風で宗教的な響きを持っている。

28. Gebet
   祈り

クリスチャンは「御心が行われますように」と祈ることを教えられる。神様に何かを「お願いする」ことが祈りなのではなく、神は私たちに何が必要かをご存じで、神は私たちを愛してくださっているのだから、悪いものが与えられるはずがない、すべてを受け入れよ、と。その意味で、第1連は「正しい」祈りであると言えるだろう。

ところが、第2連目で、詩人は第1連の祈りに条件をつける。大きすぎる喜びや強すぎる苦しみは与えてくれるな、と言うのである。自身、牧師でもあったメーリケがこのような詩を書いたとは！これは、まぎれもなく「祈り」というタイトルの「詩」なのである。牧師である前にひとりの人間であり詩人であったメーリケの、偽りのない正直な気持ち、人間としての心の弱さに、むしろ共感を覚える。

53. Abschied
さらば

　極度に繊細で傷つきやすい魂の持ち主であり、若い頃から憂鬱症に悩んでいたメーリケは、まじめな詩や小説を書く一方で、妖精たちの物語やユーモアたっぷりの詩を書くことに没頭した。不安な魂を鎮めるために、メルヘンの世界と諧謔詩がぜひとも必要だったのである。メーリケ歌曲集の最後を飾る「さらば」は、そんなメーリケの一面を見せてくれる底抜けに愉快な内容である。

　詩人や小説家なら、だれでも小うるさい批評家をけっとばしてやりたい、と一度は思ったことがあるだろう。

　この詩につけたヴォルフの曲が傑作で、聞いた者はだれでも痛快さに胸のすくこと、請け合いである。特に、批評家が階段から転がり落ちていった後に奏でられるウィンナワルツの愉快なこと、さらに後奏でもピアノで力をこめて演奏されて、聴衆は思わず拍手喝采、大笑いしてしまうことだろう。もしも、この曲がコンサートの最後に演奏されたなら、批評家は、もはやどんな批判もできなくなるに違いない。

基本文献

　ドイツ語の詩のテクストは以下の本を定本とした。なお、リートのテクストがオリジナルの詩と異なっていることがたびたびある。リートを歌いやすくするため、詩の初稿と最終稿が異なるため、あるいは、作曲者の単なる写し間違いなど、理由はさまざまである。作曲者によっても、リートのテクストが異なることから、いちいちの細かい差異については考慮せず、本書にはオリジナルの詩のテクストのみを掲載し、特に大きな差異のあるものに限って、解説にその旨を記した。

Joseph von Eichendorff

In: *Joseph von Eichendorff Gedichte*. Herausgegeben von Peter Horst Neumann in Zusammenarbeit mit Andreas Lorenczuk. Philipp Reclam jun. Stuttgart 1997

Johann Wolfgang von Goethe

　　Schäfers Klagelied

　　Wonne der Wehmut

　　Harfenspieler

　　Kennst du das Land

　　Ganymed

In: *Goethe Gedichte Sämtliche Gedichte in zeitlicher Folge*. Herausgegeben von Heinz Nicolai. Insel Verlag Frankfurt am Main 1982

　　Gretchen am Spinnrade

In: *Goethes Werke, Band 3(Hamburger Ausgabe)*. Textkritisch durchgesehen und kommentiert von Erich Trunz. Verlag C.H.Beck München 1981

　　上記以外の詩

In: *Goehte Gedichte*. Herausgegeben und kommentiert von Erich Trunz. Verlag C.H.Beck München 2007

Heinrich Heine

　　Aus alten Märchen winkt es

In: *Texte deutscher Lieder aus drei Jahrhunderten*. Herausgegeben und eingeleitet von Dietrich Fischer-Dieskau. Deutscher Taschenbuch Verlag, München 2010

　　上記以外の詩

In: *Buch der Lieder*. Fischer Taschenbuch Verlag, Frankfurt am Main 2008

Ludwig Christoph Heinrich Hölty

In: *Texte deutscher Lieder aus drei Jahrhunderten*. Herausgegeben und eingeleitet von Dietrich Fischer-Dieskau. Deutscher Taschenbuch Verlag, München 2010

Eduard Mörike

In : *Gedichte in einem Band*. Herausgegeben von Bernhard Zeller. Insel Verlag Frankfurt am Main und Leipzig 2001

Friedrich Rückert

In: *Gedichte*. Ausgewählt und eingeleitet von Johannes Pfeiffer. Marion von Schröder Verlag, Hamburg 1953

Ernst Schulze

In: *Texte deutscher Lieder aus drei Jahrhunderten*. Herausgegeben und eingeleitet von Dietrich Fischer-Dieskau. Deutscher Taschenbuch Verlag, München 2010

Johann Gabriel Seidl

In: *Texte deutscher Lieder aus drei Jahrhunderten*. Herausgegeben und eingeleitet von Dietrich Fischer-Dieskau. Deutscher Taschenbuch Verlag, München 2010

Ludwig Uhland

In: *Deutsche Gedichte*. Herausgegeben von Theodor Echtermeyer und Benno von Wiese. Cornelsen Verlag Schwann-Giradet, Düsseldorf 1988

参考文献

《リートに関するもの》
荒井秀直『ドイツの詩と音楽』音楽之友社　1992 年
梶本喜代子『ドイツ・リートへの誘い〜名曲案内からドイツ語発音
　　法・実践まで〜』音楽之友社　2004 年
梶本喜代子『続「ドイツ・リートへの誘い」ドイツ・リート名曲案
　　内〜より楽しむための理論と実践』音楽之友社　2015 年
佐々木庸一『ドイツ・リート名詩百選』音楽之友社　1978 年
『新編世界大音楽全集 シューベルト歌曲集 I 』音楽之友社　1998 年
『新編世界大音楽全集 シューベルト歌曲集 II 』音楽之友社　1998 年
『新編世界大音楽全集 シューベルト歌曲集 III 』音楽之友社　1998 年
『新編世界大音楽全集 シューマン歌曲集 I 』音楽之友社　1998 年
『新編世界大音楽全集 ヴォルフ歌曲集 I 』音楽之友社　1998 年
ディートリヒ・フィッシャー＝ディースカウ著　原田茂生訳『シュー
　　ベルトの歌曲をたどって』白水社　1976 年
ディートリヒ・フィッシャー＝ディースカウ著　原田茂生訳『シュー
　　マンの歌曲をたどって』白水社　2005 年
藤本一子『作曲家　人と作品シリーズ　シューマン』音楽之友社
　　2008 年
村田千尋『作曲家　人と作品シリーズ　シューベルト』音楽之友社
　　2004 年
吉田秀和『作曲家論集②シューベルト』音楽之友社　2001 年
吉田秀和『作曲家論集④シューマン』音楽之友社　2002 年
渡辺護『ドイツ歌曲の歴史』音楽之友社　1997 年
Werner Oehlmann: *Reclams Liedführer*. Philipp Reclam jun. Stuttgart 2000

《ゲーテに関するもの》

木村直司『ゲーテ研究』南窓社　1976 年

木村直司『続ゲーテ研究』南窓社　1983 年

山口四郎編集『ゲーテ全集1　詩集』潮出版社　2003 年

Rüdiger Bernhardt: *Königs Erläuterungen zu Goethe. Das lyrische Schaffen*. Bange Verlag Hollfeld 2008

Goethe Gedichte. Herausgegeben und kommentiert von Erich Trunz. Verlag C.H.Beck München 2007

Goethes Werke, Band 7(Hamburger Ausgabe). Textkritisch durchgesehen und kommentiert von Erich Trunz. Verlag C.H.Beck München 1981

Barbara Mühlenhoff: *Goethe und die Musik Ein musikalischer Lebenslauf*. Lambert Schneider Verlag, Darmstadt 2011

Marcel Reich-Ranicki(Hrsg.): *Goethe Verweile doch　111 Gedichte mit Interpretationen*. Insel Verlag Frankfurt am Main und Leipzig 1992

Hedwig Walwei-Wiegelmann(Hrsg.): *Goethes Gedanken über Musik*. Insel Verlag Frankfurt am Main 1985

Bernd Witte(Hrsg): *Interpretationen　Gedichte von Johann Wolfgang Goethe*. Philipp Reclam jun. Stuttgart 1998

《ハイネに関するもの》

Heinrich Heine: *Historisch-kritische Gesamtausgabe der Werke*. Herausgegeben von Manfred Windfuhr. Hoffmann und Campe, Hamburg 1973

Heinrich Heine: *Sämtliche Schriften. Dritter Band*. Carl Hanser Verlag, München 1969

Marcel Reich-Ranicki: *Der Fall Heine*. Deutscher Taschenbuch Verlag, München 2000

Marcel Reich-Ranicki（Hrsg.）: *Heinrich Heine Ich hab im Traum geweinet*. Insel Verlag Frankfurt am Main und Leipzig 1997

《アイヒェンドルフに関するもの》

石丸静雄『予感と現在──詩人アイヒェンドルフの生涯』郁文堂 1973 年

Sämtliche Werke des Freiherrn Joseph von Eichendorff. Gedichte Erster Teil Kommentar. Band I/2. Verlag W. Kohlhammer Stuttgart Berlin Köln 1994

Gert Sautermeister（Hrsg.）: *Interpretationen Gedichte von Joseph von Eichendorff*. Philipp Reclam jun. Stuttgart 2005

《メーリケに関するもの》

宮下健三『メーリケ研究』南江堂　1981 年

森孝明訳『メーリケ詩集』三修社　2000 年

Hermann Hesse（Ausgewählt）: *Eduard Mörike Die schönsten Gedichte*. Insel Verlag Berlin 2013

《全般的に》

森泉朋子『ドイツ詩を読む愉しみ』鳥影社　2010 年

Ulla Hahn: *Gedichte fürs Gedächtnis*. Deutsche Verlags-Anstalt Stuttgart 2005

Marcel Reich-Ranicki（Hrsg.）: *Frankfurter Anthologie Gedichte und Interpretationen* Bd.1-31. Insel Verlag Frankfurt am Main 1976-2008

図版一覧

表紙カバー：ウィーン中央墓地にあるシューベルトの墓（wikimedia commons）

p.11：ゲオルク・メルヒオール・クラウス《若きヨーハン・ヴォルフガング・ゲーテ》1775/76 年（wikimedia commons）

p.121：カスパー・ダーフィト・フリードリヒ《海に昇る月》1821 年（wikipedia）

p.143：モーリッツ・フォン・シュヴィント《シューベルティアーデ》1868 年（wikimedia commons）

p.165：ユリウス・ギーレ《ハインリヒ・ハイネ》1838 年（wikimedia commons）

p.211：エドゥアルト・カイザー《ロベルト・シューマンとクララ・シューマン》1847 年（wikimedia commons）

p.223：エドゥアルト・アイヒェンス《アイヒェンドルフの肖像》1841 年（wikimedia commons）©Foto H.-P.Haack

p.245：ボナヴェントゥーラ・ヴァイス《エドゥアルト・メーリケ》1851 年（wikimedia commons）

日本語による題名索引

あ

愛する人のかたわら　53, 65

アトラス　125, 136

ある若者が娘に恋した　183, 204

あれはフルートとヴァイオリン　181, 203

い

家々の戸口へ　しのび寄り（竪琴弾きの歌）　79, 84

異郷で　227, 238

いと　うるわしき月　五月　169, 198

糸を紡ぐグレートヒェン　43, 62

祈り　259, 270

う

歌びと　73, 84

美しき異郷　231, 242

海の静けさ　91, 110

海辺にて　133, 139(, 206, 207)

恨みはしない　177, 202

お

逢瀬と別れ　59, 68

か

悲しみ　233, 242

ガニュメート　97, 114(, 268)

彼女の絵姿　127, 137

狩人の夕べの歌　57, 67

間奏曲　227, 240

き

君の瞳を見つめると　171, 201

君はやすらぎ　149, 160

清きラインの　流れのほとり　175, 201

け

献呈　215, 220

こ

幸福　145, 158

湖上にて　101, 115

孤独に身をゆだねる者は（竪琴弾きの歌）　77, 84

さ
さらば　261, 271

し
知っていますか、あの国を（ミ
　　ニョンの歌）　81, 86

す
捨てられた娘　249, 267
すみれ　19, 35

た
たそがれ　235, 242
竪琴弾きの歌　77, 84
旅人の夜の歌（汝　天より来た
　　りて）　107, 117
旅人の夜の歌（峯峯に）　109,
　　117(, 119)

ち
小さな花が知ったなら　179,
　　203

つ
月に寄す　93, 110(, 67, 111)
月夜　229, 240

と
トゥーレの王　29, 39

な
涙ながらにパンを食べ（竪琴弾
　　きの歌）　77, 84

に
庭師　257, 269

の
野ばら　23, 36

は
蓮の花　217, 220
鳩の便り　155, 162
ばら、ゆり、はと、太陽　171,
　　200
春だ　247, 264
春に（こうして　春の丘に寝て
　　いると）　253, 268
春に（ひっそりと　丘の斜面
　　に）　151, 160
春の信仰　147, 158
春の夜　237, 243

ひ
悲哀のよろこび　55, 67

光り輝く夏の朝　185, 205(, 209)
羊飼いの嘆きの歌　47, 63
ひともとの花のような君　219, 221
秘めた思い　251, 268

　ふ
古い絵に寄せて　259, 269
分身　135, 140

　ほ
ぼくの心を　ひたしてみたい　173, 201
ぼくの流す涙から　169, 200

　ま
魔王　15, 32(, 68)
町　131, 138

　み
ミューズの子　103, 116

　む
昔　愛するひとが歌っていた　181, 204
昔のうとましい歌の数々　195, 207

昔のおとぎ話から　191, 207

　や
やすみなき恋　51, 64

　ゆ
夢の中で　ぼくは泣いた　187, 205

　よ
夜ごと　夢に　君を見る　189, 206

　り
漁師　25, 38
漁師の娘　129, 138(, 139)

ドイツ語による題名・初行索引

A

Abschied　　260, 271

Allnächtlich im Traume seh ich dich　　188, 206

Am fernen Horizonte　　130, 138

Am leuchtenden Sommermorgen　　184, 205

Am Meer　　132, 139

An den Mond　　92, 110

An die Türen will ich schleichen　　78, 84

Auf dem See　　100, 115

Auf ein altes Bild　　258, 269

Auf ihrem Leibrößlein　　256, 269

Aus alten Märchen winkt es　　190, 207

Aus der Heimat hinter den Blitzen rot　　226, 238

Aus meinen Tränen sprießen　　168, 200

D

Da droben auf jenem Berge　　46, 63

Dämmrung will die Flügel spreiten　　234, 242

Das Fischermädchen　　128, 138

Das ist ein Flöten und Geigen　　180, 203

Das Meer erglänzte weit hinaus　　132, 139

Das Veilchen　　18, 35

Das verlassene Mägdlein　　248, 267

Das Wasser rauscht', das Wasser schwoll　　24, 26

284

Dein Bildnis wunderselig　226, 240

Dem Schnee, dem Regen　50, 64

Der Atlas　124, 136

Der Doppelgänger　134, 140

Der du von dem Himmel bist　106, 117

Der Fischer　24, 38

Der Gärtner　256, 269

Der König in Thule　28, 39

Der Musensohn　102, 116

Der Sänger　72, 84

Die alten, bösen Lieder　194, 207

Die linden Lüfte sind erwacht　146, 158

Die Lotosblume　216, 220

Die Rose, die Lilje, die Taube, die Sonne　170, 200

Die Stadt　130, 138

Die Taubenpost　154, 162

Du bist die Ruh　148, 160

Du bist wie eine Blume　218, 221

Du meine Seele, du mein Herz　214, 220

Du schönes Fischermädchen　128, 138

Durch Feld und Wald zu schweifen　102, 116

E

Ein Jüngling liebt ein Mädchen　182, 204

Ein Veilchen auf der Wiese stand　18, 35

Er ist's!　246, 264

Erlkönig　14, 32

Es rauschen die Wipfel und schauern　230, 242

Es schlug mein Herz, geschwind zu Pferde!   58, 68

Es war ein König in Thule   28, 39

Es war, als hätt der Himmel   228, 240

F

Freuden sonder Zahl   144, 158

Früh, wann die Hähne krähn   248, 267

Frühling läßt sein blaues Band   246, 264

Frühlingsglaube   146, 158

Frühlingsnacht   236, 243

Füllest wieder Busch und Tal   92, 110

G

Ganymed   96, 114

Gebet   258, 270

Gretchen am Spinnrade   42, 62

H

Harfenspieler   76, 84

Heidenröslein   22, 36

Herr! schicke, was du willt   258, 270

Hier lieg ich auf dem Frühlingshügel   252, 268

Hör ich das Liedchen klingen   180, 204

I

Ich denke dein, wenn mir der Sonne Schimmer   52, 65

Ich grolle nicht   176, 202

Ich hab eine Brieftaub in meinem Sold   154, 162

Ich hab im Traum geweinet　　186, 205

Ich kann wohl manchmal singen　　232, 242

Ich stand in dunkeln Träumen　　126, 137

Ich unglückselger Atlas! eine Welt　　124, 136

Ich will meine Seele tauchen　　172, 201

Ihr Bild　　126, 137

Im Felde schleich' ich still und wild　　56, 67

Im Frühling(Hier lieg ich)　　252, 268

Im Frühling（Still sitz ich）　　150, 160

Im Rhein, im schönen Strome　　174, 201

Im wunderschönen Monat Mai　　168, 198

In der Fremde　　226, 238

In grüner Landschaft Sommerflor　　258, 269

Intermezzo　　226, 240

J

Jägers Abendlied　　56, 67

K

Kennst du das Land（Lied der Mignon）　　80, 86

L

Laß, o Welt, o laß mich sein!　　250, 268

M

Meeres Stille　　90, 110

Meine Ruh' ist hin　　42, 44

Mondnacht　　228, 240

N

Nähe des Geliebten   52, 65

R

Rastlose Liebe   50, 64

S

Sah ein Knab' ein Röslein stehn   22, 36
Schäfers Klagelied   46, 63
Schöne Fremde   230, 242
Seligkeit   144, 158
Still ist die Nacht, es ruhen die Gassen   134, 140
Still sitz ich an des Hügels Hang   150, 160

T

Tiefe Stille herrscht im Wasser   90, 110
Trocknet nicht, trocknet nicht   54, 67

Ü

Über allen Gipfeln   108, 117
Übern Garten durch die Lüfte   236, 243

U

Unangeklopft ein Herr tritt abends bei mir ein   260, 271
Und frische Nahrung, neues Blut   100, 115
Und wüßten's die Blumen, die kleinen   178, 203

V

Verborgenheit   250, 268

W

Wandrers Nachtlied（Der du von dem Himmel bist）   106, 117

Wandrers Nachtlied（Über allen Gipfeln）   108, 117

„Was hör' ich draußen vor dem Tor   72, 84

Wehmut   232, 242

Wenn ich deine Augen seh   170, 201

Wer nie sein Brot mit Tränen aß   76, 84

Wer reitet so spät durch Nacht und Wind?   14, 32

Wer sich der Einsamkeit ergibt   76, 84

Widmung   214, 220

Wie im Morgenglanze   96, 114

Willkommen und Abschied   58, 68

Wonne der Wehmut   54, 67

Z

Zwielicht   234, 242

〈編訳者紹介〉

森泉朋子（もりいずみ・ともこ）

1988年上智大学ドイツ文学科卒業。
1990年東京外国語大学大学院修士課程修了。
現在、東京工業大学、および拓殖大学非常勤講師。
著訳書：『ドレスデン フラウエン教会の奇跡』（鳥影社）
　　　　『ドイツ詩を読む愉しみ ― ゲーテからブレヒトまで』（鳥影社）

ドイツ・リート対訳名詩集

定価（本体 1800円＋税）

乱丁・落丁はお取り替えします。

2020年　2月　16日初版第1刷印刷
2020年　2月　27日初版第1刷発行
編訳者　　森泉朋子
発行者　　百瀬精一
発行所　　鳥影社（www.choeisha.com）
〒160-0023　東京都新宿区西新宿3-5-12 トーカン新宿7F
電話　03(5948)6470，FAX 03(5948)6471
〒392-0012　長野県諏訪市四賀 229-1（本社・編集室）
電話　0266(53)2903，FAX 0266(58)6771
印刷・製本　シナノ印刷株式会社
ⓒ MORIIZUMI Tomoko 2020　printed in Japan
ISBN978-4-86265-793-0　C0098

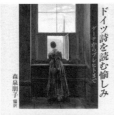